Uta Kropp, geboren in Wismar, lebt und arbeitet in ihrer Geburtsstadt. Sie ist verheiratet und hat eine Tochter. Die Ostsee und den Norden liebt sie sehr. Gemeinsam mit ihrem Ehemann und dem Hund der Familie unternimmt sie gerne Spaziergänge am Strand. Für die staatlich geprüfte Betriebswirtin zählen neben dem Schreiben von Romanen auch Schwimmen, Fahrrad fahren und Wandern zu ihren Hobbys. Im Jahr 2019 ist sie mit ihrem Ehemann 240 km von Porto (Portugal) nach Santiago de Compostela (Spanien) gepilgert, was sehr nachhaltige Eindrücke hinterlassen hat.

Bisher erschienen sind:

El verde Esmeralda, der grüne Smaragd (Kriminalroman)

Yasmin – oder wie erziehe ich meine Zweibeiner (Heiteres Büchlein über ein kleines Kätzchen)

In Vorbereitung ist eine Serie mit der Rechtsanwältin Rita Sommer, die, gemeinsam mit ihrem Rechtsanwaltsgehilfen, für Spannung sorgt.

Uta Kropp

Rache

Ein Wismar-Krimi

Bibliografische Information der Deutschen
Nationalbibliothek

Die Deutsche Nationalbibliothek verzeichnet diese
Publikation in der deutschen Nationalbibliografie;
detaillierte bibliografische Daten sind im Internet
über
http://dnb.d-nb.de abrufbar

© 2021 Uta Kropp
Herstellung und Verlag: BoD –Books on
Demand Norderstedt

ISBN: 978-3-7557-6058-0

Ziel des Lebens ist es nicht, ein erfolgreicher Mensch zu sein, sondern ein wertvoller.

Albert Einstein

1

Außer dem Kreischen der Möwen ist um diese Zeit im Wismarer Hafen nicht viel los. Auf der sich im Wind kräuselnden Oberfläche des Wassers wippen die Möwen. Die am Kai liegenden Fischerboote schaukeln im Takt der Wellen und die Fischer freuen sich, über den am Vormittag verkauften Fang der letzten Nacht. Die Sonne am Mittagshimmel lässt den Hafen und die Promenade in einem südländischen Ambiente erscheinen.

Unweit des alten Hafens, in der Breiten Straße, bleibt das Büro von Tina Walter heute geschlossen. Der Büroservice, den sie betreibt, reicht ihr zum Leben. Sie wohnt in Wismar Süd in einem kleinen Reihenmittelhaus. Ihr Lebensstil ist bescheiden.

Tina steht auf ihrer Terrasse und schaut in den Garten, während die Monteure im Haus die Elektroverteilungen neu installieren. Eine defekte Leitung in der Waschküche hat Tina dazu veranlasst, die gesamte Elektroanlage überholen zu lassen, da sie doch schon in die Jahre gekommen ist. Um der prallen Mittagssonne zu entfliehen, kurbelt Tina die Markise herunter und setzt sich in den Schatten. Der Krimi, den sie liest, lässt sie die Handwerker im Haus vergessen.

Durch das Öffnen der Terrassentür wird Tina beim Lesen gestört. Irritiert schaut sie in das Gesicht des Elektrikers und wird in die Wirklichkeit zurückgeholt. Lächelnd legt sie das Buch zur Seite und fragt: „Alles in Ordnung?"

„Ja. Wir sind fertig. Ich zeige ihnen den Sicherungskasten. Einige Leitungen wurden neu gezogen und haben jetzt separate Bezeichnungen."

„Okay. Ich komme."

Sie folgt dem Elektriker in den Keller. In der Waschküche lässt sich Tina die Kennzeichnung der neuen Sicherungen zeigen und unterschreibt das Übergabeprotokoll. Sie begleitet den Monteur wieder hinauf durch den Flur zur Haustür, vor der schon die anderen zwei Mitarbeiter warten und verabschiedet sich von ihnen.

Zufrieden hebt sie zum Abschied die Hand und sieht dem davonfahrenden Fahrzeug hinterher. Tina schließt die Haustür und schaut auf die Uhr. Es ist halb vier. Peter kommt zum Abendessen zu ihr. Es ist genug Zeit. Auf der Terrasse ist es zu heiß zum Lesen. Sie macht es sich mit einem Kaffee und ihrem Buch auf der Couch bequem.

Vor lauter Spannung beim Lesen kann Tina das Buch nicht aus der Hand legen. Erschrocken schaut sie auf die Uhr und stellt fest, dass es kurz vor sechs ist. Schnell trinkt sie, den mittlerweile schon kalten Kaffee, aus, streckt sich einmal und steht langsam auf, um in der Küche mit den Vorbereitungen für das Abendessen anzufangen.

„Puschel, wo bist Du?", ruft Tina ins Haus. Das Kätzchen von Tina, ist ihr kleiner Liebling. Sie liebt Katzen und ist ein äußerst tierlieber Mensch. Für ihre Mieze gibt Tina alles. Bevor sie das Essen für Peter und sich zubereitet, wird erst Puschel abgefüttert.

„Hey, Süße wo bist du?" Sie kommt laut maunzend die Treppe herunter.

„Na. Du kleiner Schisser, hast dich wieder verkrochen, weil fremde Leute im Haus waren?", empfängt Tina ihr Kätzchen am Ende der Treppe.

Laut schnurrend schmiegt sich Puschel an die Waden von Tina und lässt sich das Fell kraulen.

„Komm meine Kleine, ich gebe dir etwas zu fressen."

Tina umsorgt das Kätzchen und bereitet dann in der Küche das Abendessen vor.

Mit Peter ist sie seit vier Monaten zusammen. Sie kennen sich schon aus der Lehrzeit, 1980. Tina hat zu der Zeit ihre Ausbildung zur Wirtschaftskauffrau absolviert und Peter war in der Informatikklasse. Damals hat keiner von dem Anderen Notiz genommen. Wie das Leben manchmal so spielt, haben sich beide vor vier Monaten bei einem Kabarett im Theater in Wismar wieder gesehen und aus einer kurzen Verabredung wurde dann doch eine Beziehung.

Peter steht pünktlich um sieben vor Tinas Haus und klingelt. So was Blödes, denkt er. Vier Monate sind wir schon zusammen, warum gibt sie mir keinen Hausschlüssel?

Tina hört die Klingel, huscht schnell am Spiegel vorbei und zupft sich die Haare zurecht. Strahlend öffnet sie ihm die Tür.

„Komm rein."

„Mmmhhh, riecht lecker. Was hast du Feines gekocht?"

„Lass dich überraschen."

Peter betritt das Haus und wundert sich, dass Puschel ihm nicht wie gewohnt sofort um die Füße streicht.

„Wo hast du Puschel gelassen?"

„Die hat sich verkrochen. Du weißt doch, was sie für ein elender Schisser ist, wenn fremde Leute im Haus sind. Da ist sie immer verschwunden. Das Essen ist gleich fertig. Du könntest bitte schon mal den Tisch decken."

Tina nimmt die Kartoffeln aus dem Topf. Peter steht hinter ihr und liebkost ihren Nacken.

„Lass das, sonst brennt der Fisch an", kichert Tina dabei.

„Was hast du Leckeres zu Essen gekocht?"

„Ich habe uns Schollenfilet mit spanischen Runzelkartoffeln und Salat zubereitet. Die Vorspeise besteht aus grünen Bohnen in Schinken gerollt und gebraten, mit einem Dip Avocadocreme. Dazu einen Portwein und zum Fisch ein gekühltes Glas Weißwein."

Tina strahlt über das ganze Gesicht. Es ist ihr anzumerken, welchen Spaß sie am Kochen hat. Peter nimmt sie in den Arm und schaut ihr in die Augen.

„Und was gibt es danach?"

Tina hält seinem Blick stand.

„Zum Nachtisch bekommst du mich."

Sie löst sich lachend aus seiner Umarmung und stellt das Essen auf den Tisch. Der Geruch ist verführerisch. Peter hilft beim Auftragen und gießt den Wein ein. Sie stoßen auf das leckere Gericht an.

2

Während Tina ahnungslos mit Peter in ihrem Haus in Wismar Süd beim Abendessen sitzt, ploppen in der Altstadt in einem der historischen Giebelhäuser in der Krämerstraße auf seinem Laptop nach und nach die Bilder von ihren Zimmern auf.

Begeistert schaut er auf den Bildschirm des Laptops. Ein Bild nach dem anderen erscheint und er sieht das Wohnzimmer von Tina, das Esszimmer und die Küche. Die Terrasse ist leider nur zum Teil einsehbar. Das ist nicht so schlimm.

Jetzt sieht er, wie Tina sich auf der Couch räkelt und langsam aufsteht. Ja. Fühle dich nur unbeobachtet. Mir wird nichts entgehen. Während er daran denkt, ballt er die rechte Hand zur Faust und knallt diese so hart auf die Arbeitsplatte seines Tisches, dass der Klebestift umfällt. Er ist wütend. Wütend auf sich, auf Tina und auf alles in der Welt. Er fährt den Laptop runter und verlässt den Raum. Später schaue ich wieder bei dir vorbei.

Im Nebenraum liegt auf dem Bett eine Frau. Breites Klebeband bedeckt ihren Mund. Die Hände und Füße sind zusammengebunden und sie schaut ihn mit großen angsterfüllten Augen an. Als er sich ihr nähert, fängt sie an zu zappeln und versucht zu sprechen.

„Sei still", zischt er sie an. „Ich will nicht einen Ton von dir hören."

Sie wird wieder still und bewegt sich nicht. Er steht neben dem Bett und sieht auf sie herunter. Sie registriert jede seiner Bewegungen. Langsam greift er in die Schublade des Nachtschränkchens und holt eine Spritze heraus. Sie versucht, wieder etwas zu sagen, aber es klingt nur wie ein gegrunztes „mmmhhhh."

„Mach dir keine Sorgen, es wird nicht weh tun."

Während er das sagt, weichen alle menschlichen Züge aus seinem Gesicht, so dass es fast künstlich wirkt. Durch die Fesseln ist sie nicht in der Lage, seine Hand mit der Spritze abzuwehren. Während er den Inhalt der Kanüle in ihren Arm drückt, laufen ihr Tränen über die Wangen. Fast zu zärtlich streichelt er ihr die Tränen weg und sagt: „Alles wird gut."

3

Peter wischt sich mit der Serviette den Mund ab und strahlt Tina an.

„Das Essen war wie immer super. Vielen Dank dafür."

Tina lacht.

„Du weißt, ich finde es furchtbar, wenn du dich für das Essen bedankst. Ich koche gerne. Es macht mir Spaß. Und wenn ich mal keine Lust dazu habe, dann können wir den Pizzaservice rufen."

Kaum das Tina das ausgesprochen hat, ärgert sie sich schon wieder über sich selber. Warum bin ich immer so bissig, er meint es doch nur gut.

Sie lächelt und sagt: „War nicht so gemeint. Ich freue mich, wenn es dir geschmeckt hat."

Nach dem Abendessen haben Peter und Tina das Geschirr in die Küche geräumt und sitzen jetzt im Wohnzimmer auf der Couch. Er massiert ihr leicht die Schultern.

„Das tut gut", sagt Tina. „Morgen muss ich wieder ins Büro. Es sind ein paar dringende Aufträge zu erledigen."

„Darf ich trotzdem bei dir bleiben?".

„So war es nicht gemeint. Du kannst bleiben, solange du möchtest", flüstert sie ihm ins Ohr.

Seit sie mit Peter zusammen ist, übernachtet er ab und zu bei ihr. Trotzdem genießt sie die Freiheit des Alleinseins. Deshalb hat Peter seine eigene Wohnung in der Stadt.

Arm in Arm schlafen sie auf der Couch ein. Kurz vor zwölf Uhr schreckt Tina auf. Sie sieht in Peters Gesicht, der sie, auf den Ellenbogen gestützt, beobachtet.

„Wie lange schaust du mich schon so an?".

Er schmunzelt.

„Nicht lange, ich bin erst seit ein paar Minuten wach."

Tina streckt sich. Er nutzt die Gelegenheit und greift zärtlich nach ihren Brüsten. Sie lässt ihn gewähren und umarmt ihn. Beide drücken sich innig.

„Mein Gott habe ich fest geschlafen. Das passiert mir sonst nicht auf der Couch", wundert sich Tina.

„Komm. Lass uns Schlafen gehen."

4

Während sie bewusstlos auf dem Bett liegt, hat er sie vollständig entkleidet. Er steht da, den Einmalrasierer in der rechten Hand und starrt auf sie hinab. Sein Blick wandert von ihrem Hals entlang der Brüste über den Bauchnabel zu dem Ansatz der Schamhaare. Dort verharrt sein Blick. Er dreht den Rasierer gedankenverloren zwischen den Fingern hin und her. Langsam, fast zögerlich, beginnt er über ihre Schamhaare zu kratzen. Es herrscht Stille im Raum. Nur das leise Schaben über die Haare und sein schwerer Atem sind zu hören. Nachdem er die letzten Stoppel entfernt hat, fängt sie an, sich zu bewegen, und öffnet die Augen. Erschrocken schaut sie an sich hinab und erstarrt. Der Schrei, den sie ausstoßen möchte, erstickt. Tränen laufen ihr über das Gesicht und sie sieht in seine eiskalten Augen. Er nimmt die Spraydose in die Hand. Unterhalb der Brust, von rechts nach links, sprüht er einen Strich auf ihre nackte Haut. Von der Mitte des Striches, zwischen den Brüsten, sprüht er einen senkrechten Strich hinunter bis zum Ansatz der Schamhaare. Zufrieden mit seinem kleinen Kunstwerk beugt er sich zu ihr herunter und umfasst ihren Hals. Langsam und mit festem Griff drückt er zu. Sie zappelt und kämpft, aber seinem festen Druck der Hände kann sie nicht ausweichen. Erst als ihr Körper völlig leblos da liegt, lässt er von ihr ab. Sein Gesicht wirkt wie versteinert.

Wie, als wäre es für ihn Routine, wickelt er ihren leblosen Körper in ein Laken.

Im Schutz der Dunkelheit versteckt er die Leiche im Kofferraum seines Autos. Sich an alle Verkehrsregeln haltend, um nicht aufzufallen, fährt er Richtung Hafen. In der Straße Am Hafen biegt er nach links in die Kopenhagener Straße ein, um von dort in die Stockholmer Straße zu fahren. Neben dem Thormann Speicher parkt er und bleibt still im Fahrzeug sitzen. Schwer atmend sitzt er da und beobachtet die Umgebung. Ein paar Touristen schlendern an der Kaimauer entlang. Er beobachtet ein Liebespaar und sein Gesichtsausdruck verdüstert sich. Warum sind andere so glücklich und ich nicht? Eine Antwort darauf fällt ihm nicht ein.

Wie lange er so gesessen hat, weiß er nicht. Längst ist die Sonne im Meer versunken, die letzten Möwen kreischen leise und eine einsame Ente dreht ihre letzte Runde im Hafenbecken.

Jetzt, denkt er. Jetzt ist der Moment günstig. Langsam öffnet er die Fahrertür, steigt aus und drückt diese leise ins Schloss, um jedes Geräusch zu vermeiden. Um diese Zeit herrscht Stille und Dunkelheit, sodass ihn jedes Geräusch verraten könnte. Mit behutsamen Schritten geht er um das Auto herum zum Kofferraum, öffnet die Heckklappe und hievt sich die in das Laken gehüllte Leiche über die Schulter. Leise gleitet die Klappe des Kofferraumes in das Schloss. Leicht keuchend schleppt er den leblosen Körper bis zur Spitze des Alten Hafens. Dort gibt es ein paar Bänke, die in schönen Tagen von den Touristen belagert werden, um den Blick über die Ostsee zum Stadtteil Wendorf und Haffeld genießen zu können. Hier setzt er sie auf eine der Bänke. Lässt das Laken um ihren Körper gehüllt und tritt ein paar Schritte zurück. Ihre Sitzposition gefällt ihm nicht. Mit ein paar geschickten Handgriffen rückt er ihr die Schultern zurecht und setzt sie aufrecht hin. Sichtlich zufrieden mit sich und seinem Werk greift er in die Innentasche seiner Jacke, holt das Handy heraus und macht ein Foto. Er muss sich beeilen. Die zuckenden

Blitze der Aufnahmen könnten ihn verraten. Rasch steckt er das Handy wieder ein und geht zum Auto.

Erleichtert fällt er in den Fahrersitz. Atmet tief durch und lässt den Motor an. Sein vorsichtiger Blick schweift über das Gelände, aber er kann niemanden sehen.

Jetzt sitzt er vor seinem Laptop und starrt auf die Aufnahmen. Nach und nach ploppen die Bilder der Überwachungskameras auf und er sieht, wie Tina den Tisch abräumt und die Gläser in die Küche bringt. Genussvoll beobachtet er jede ihrer Bewegungen und atmet dabei tief durch. Ja, denkt er. Genau so wollte ich es haben.

5

Tina erwacht, bevor der Wecker klingelt. Sie streichelt Peter ein bisschen über den Arm und will dann aufstehen.

„Nein, hör nicht auf. Bleib ein bisschen bei mir."
Tina lacht.

„Kommt gar nicht in Frage, wir müssen aufstehen. Bist du so lieb und fängst schon mit dem Frühstück an? Ich möchte nur schnell am Rechner nach dem Posteingang sehen, dann komme ich."

Sie zieht sich ihren Morgenmantel über und geht nach nebenan ins Arbeitszimmer, um den PC anzuschalten. Während der Rechner startet, putzt sich Tina im Badezimmer die Zähne, dann muss ich nachher nur duschen, denkt sie sich.

Entspannt von der schönen Nacht und dem angenehmen Abend setzt sie sich an ihren Rechner und öffnet das Postfach. Die Werbemails löscht sie gleich. Einige Auftraggeber fragen nach ihren Arbeiten. Es sind ein paar neue Anfragen darunter. Eine Mail kann Tina nicht zuordnen und schaut nach dem Absender. Den Namen kennt sie nicht, aber er erinnert sie trotzdem an etwas. Schule-1982@net.se. Das .se passt nicht dahin. Sie öffnet die Mail. Die Mail ist leer und enthält keinen Text. Im Anhang befindet sich ein Foto. Sie öffnet es und weiß damit nichts anzufangen. Auf einer Bank sitzt eine Frau. Eingehüllt in ein Laken. Das Gesicht kommt ihr bekannt vor, aber sie weiß im Moment nicht, woher. Tina scrollt das Foto dichter heran. Das Gesicht der Frau wirkt unnatürlich. Ob das eine Puppe ist, fragt sie sich.

„Peter, komm doch bitte mal her."
Nur mit einem Handtuch um die Hüften und nass vom Duschen steht Peter in der Tür.

„Sieh dir das mal an. Ich habe eine Mail bekommen, die im Anhang dieses Foto hat."
Peter schaut ihr über die Schulter.
„Von wem ist das?"
„Ich weiß es nicht. Die Mail-Adresse kenne ich nicht."
„Warum machst du so einen Mist überhaupt erst auf. Lösch so was immer gleich und dann ist es gut."
„Ja, ich weiß", antwortet Tina schuldbewusst.

„Aber was mich daran stutzig gemacht hat, ist der Absender. Sieh nur. Hier steht Schule-1982. Das ist das Jahr, in dem ich die Lehre beendet habe. Ist das nicht komisch?"

Peter betrachtet eingehend das Foto.

„Kennst du die Frau?"

Tina schaut das Foto genau an und schüttelt sich plötzlich.

„Das Gesicht erinnert mich an Grit. Grit Fichtler. Ich war damals mit ihr befreundet. Wir haben uns zu Beginn der Lehrzeit kennengelernt und danach aus den Augen verloren. Seitdem habe ich nichts mehr von ihr gehört."

Peter runzelt die Stirn.

„Aber Tina. Sieh dir das mal genau an. Sie sieht doch so unnatürlich aus. Wenn sie es überhaupt ist."

„Ja, das ist schon komisch."

Schweigend sitzen beide am Tisch und blicken vor sich hin. Tina rührt gedankenverloren in ihrem Tee, während sie auf dem Bissen Brot herumkaut.

Peter beendet die Stille.

„Sehen wir uns heute Abend?"

Tina grübelt kurz.

„Nein. Heute bitte nicht. Es wird ein langer Tag für mich. Ich muss einiges von gestern aufarbeiten."

„Okay. Ist nicht schlimm. Kannst mich ja jederzeit anrufen, wenn du Sehnsucht hast."

Dabei blinzelt er ihr verschmitzt zu und lächelt sein charmantestes Lächeln. Tina muss lachen und schmeißt ihre Serviette nach ihm.

„Du bist so lieb", sagt sie und streicht ihm über die Wange.

„Gut. Ich muss los. Drück Puschel von mir und sage ihr, ich habe sie genauso gern wie ihren Dosenöffner."

Er küsst Tina zum Abschied auf die Stirn und geht. Sie nippt an ihrem Tee.

Puschel schnurrt um ihre Beine und lässt nicht locker. Tina hebt das Kätzchen auf ihren Schoss und krault sie intensiv. Dabei flüstert sie ihr fast liebevoll ins Ohr: „Peter hat dich doll lieb. Das ist wichtig, Puschel. So meine Süße. Ich muss mich fertig machen und ins Büro."

Sanft setzt sie das Kätzchen auf den Fußboden und räumt den Frühstückstisch ab.

6

Entspannt und zufrieden sitzt er vor seinem Rechner und beobachtet die Bilder, die aus Tinas Haus übertragen werden. Er sieht Tina und Peter auf der Couch liegen. Beide umarmen sich. Was danach kommt, nimmt er nur verschwommen wahr.

Er denkt an die Zeit zurück, in der er Pläne für sein Leben gemacht hat. Ein Leben, in dem er glücklich gewesen wäre.

Alles begann während der Lehrzeit von 1980 bis 1982. Drei Klassen an der Schule haben während dieser Zeit eine Menge gemeinsam unternommen. Die Wirtschaftskaufleute, in der fast nur Mädels waren, die Elektriker und die Informatiker. Er selber war in der Elektrikerklasse. Seine Leistungen waren mäßig und der Ausbildungsbetrieb mit ihm nie zufrieden. Das hat ihn damals alles nicht gestört, solange er nur sein eigenes Leben hatte und Freundschaften eingehen konnte, mit wem er wollte.

Das Ergebnis dieser Zeit sind Wut, Hass, Verzweiflung und die Gier nach Rache. Rache an Tina und Grit, die ihm den Traum seines Lebens zerstört haben. Das erste Mal in seinem Leben wusste er, was er wollte und hatte endlich die Gelegenheit, sein Glück selbst in die Hand nehmen zu können. Aber dann wurde alles zerstört und platzte wie eine Seifenblase.

Er begehrt sie nicht und er wird sie nie begehren. Trotzdem erscheint sie in seinen Träumen. Sein Hass ist grenzenlos. Er ist fest davon überzeugt, dass sein Plan aufgehen wird. Jetzt gibt es kein Zurück mehr. Sein Spiel hat begonnen.

7

Die Luft im Büro ist stickig. Tina öffnet das Fenster, damit die angenehme Ostseeluft in den kleinen Raum strömen kann. Der Hafen ist Luftlinie nur ein paar hundert Meter entfernt. Sie lauscht dem Geschrei der Möwen, saugt die nach Meer duftende Luft in sich auf und ist in Gedanken an der Kaimauer des Alten Hafens. Dort, wo jetzt die

Fischkutter liegen und die Fischer ihren frischen Fisch verkaufen und auch der Poeler Dampfer Richtung Kirchdorf ablegt.

An all das denkt Tina, während sie sich an den Schreibtisch setzt und aus dem geöffneten Fenster auf die Straße blickt. Der PC ist inzwischen hochgefahren. Es sind Angebote zu schreiben und Auftragsbestätigungen. Das geht ihr schnell von der Hand, sodass sie rasch dort weitermachen kann, wo sie vor zwei Tagen aufgehört hat.

Die Elf-Uhr-Nachrichten beginnen im Radio. Am liebsten hätte sie das Radio schon ausgemacht, als eine Nachricht sie hellhörig werden lässt.

„Der Fund einer weiblichen Leiche gibt der ortsansässigen Polizei Rätsel auf. Im Wismarer Alten Hafen wurde die Leiche einer Frau gefunden. Sie befand sich auf einer Bank, war völlig unbekleidet und nur in ein Laken gehüllt. Sie ist einem Gewaltverbrechen zum Opfer gefallen. Zeugen werden gebeten sich unter Nr. … bei der zuständigen Polizeiinspektion zu melden."

Schluss. Ende. Aus.

Tina sitzt wie versteinert an ihrem Schreibtisch. Der kalte Schweiß steht ihr auf der Stirn. Sie muss sofort an die Mail denken.

Wie hypnotisiert öffnet sie ihr Postfach am Rechner und ruft nochmals die Mail auf. Beim Öffnen des Fotos läuft ihr ein kalter Schauer über den Rücken. Sie sieht sich das Bild lange Zeit an. Es ist Grit. Grit Fichtler. Die Tote im Hafen ist Grit.

Tina wird übel und ihre Hände zittern. Sie nimmt ihr Handy zur Hand.

Sekunden später maunzt Peters Handy auf seinem Schreibtisch und er weiß, dass Tina anruft.

„Hallo meine Süße, hast du so schnell schon Sehnsucht nach mir bekommen?"

„Ach Peter. Hast du zufälligerweise Nachrichten auf NDR gehört?"

„Nein, wieso?"

„Es wurde im Hafen von Wismar eine tote Frau gefunden. Sie ist laut Nachrichten einem Gewaltverbrechen zum Opfer gefallen."

Peter bleibt am anderen Ende die Sprache weg. Er versucht, etwas zu sagen, aber dabei murmelt er nur etwas vor sich hin, was Tina nicht verstehen kann.

„Bist du da?", fragt Tina verzweifelt.

Peter räuspert sich, um wieder die Stimme zu erlangen.

„Ja, ich bin da. Ich lege doch nicht auf, ohne etwas zu sagen."

Dann war wieder Stille im Telefon.

„Peter. Die Tote ist Grit. Ich habe sie erkannt."

Tinas Stimme zitterte leicht, als sie das sagt.

„Du musst unbedingt zur Polizei gehen, Tina. Du musst ihnen die Mail und das Foto zeigen."

„Ich weiß Peter. Aber das alles erscheint mir so unwirklich. Wer schickt mir denn so ein abartiges Foto? Ich habe Angst."

„Soll ich zu dir kommen?"

„Nein. Du musst deine Arbeit machen. Ich werde die Polizei anrufen. Mal sehen, was sie dazu sagen."

„Ja mach das. Du kannst mich dann ja zurückrufen, okay?"

„Ja. Ich melde mich bei dir. Ich hab dich lieb."
Tina legt völlig verwirrt auf.

8

„Gefunden wurde die Leiche heute in den Morgenstunden, gegen 05.00 Uhr, durch den Hafenkapitän", sagt Fred Förster in die Runde.
Nach dem Bekanntwerden des Fundes durch die Einsatzzentrale hat er sofort sein Team zusammengetrommelt. Bei Gudrun war das unkompliziert, da sie die Nacht zusammen bei ihr verbracht haben. Die lose Beziehung der beiden wird von Sven Fischer und Gerd Griebner toleriert, da sie zum Glück keinen Einfluss auf die Arbeit hat.
Sven und Gerd hat Fred aus dem Bett geklingelt, da der Fall keinen Aufschub duldet.

„Was wissen wir", fragt Gerd.
Da Fred, als Chef der Abteilung, als Erster informiert wurde, ergreift er das Wort und setzt seine Mitarbeiter über die mageren Informationen in Kenntnis.

„Die Informationen sind rar. Der Hafenkapitän hat während seiner morgendlichen Runde über das Gelände die leblose Gestalt sitzend, auf einer Bank im hinteren Bereich der Kaimauer, entdeckt. Sie war in ein Laken gehüllt. Im Umfeld konnte er nichts Verdächtiges feststellen. Laut KTU ist der Fundort der Leiche nicht der Tatort. Die Spurensicherung hat nichts ergeben. Es sind zu viele Spuren da. Der Hafen wird immer gut frequentiert, sodass wir kaum die Chance haben, da etwas zu finden. Laut Gerichtsmedizin ist der Tod zwischen einundzwanzig und zweiundzwanzig Uhr am gestrigen Abend eingetreten. Sie wurde offensichtlich erwürgt."

„Wir müssen alle Spuren auswerten und versuchen, sie einzugrenzen", wirft Sven ein. „Die Leiche ist nicht allein dahin spaziert. Irgendjemand hat sie dort platziert. Gibt es Rückschlüsse auf das Laken, das verwendet wurde?"

„Das ist im Labor und wird untersucht", meldet sich Gudrun zu Wort.

Sven gähnt ausgiebig und macht damit deutlich, dass es für ihn zu früh war.

„Wie wäre es mit Kaffee, ich schmeiße eine Runde".

„Für mich bitte einen Tee", meldet sich Gudrun. Bei dem Gedanken an die Plörre aus dem Automaten im Flur wird ihr übel.

Sven verlässt das Büro, um ein paar Minuten später mit drei dampfenden Bechern Kaffee und einem Pott Tee wieder zu erscheinen.

„Weitere Auffälligkeiten an der Leiche sind die farbige Kennzeichnung auf ihrem Bauch. Außerdem war sie im Intimbereich rasiert. Sah nach einer frischen Rasur aus, ist aber nicht ungewöhnlich. Das Machen ja viele Frauen".

Während Gudrun das sagt, muss Fred lächeln, was Sven und Gerd nicht entgeht. Sie schlussfolgern, dass Gudrun ebenfalls eine Intimrasur bevorzugt.
Die Vorstellung scheint die beiden zu amüsieren.
Gudrun erfasst die Situation und versucht, sie durch weitere Tatsachen zu überbrücken.

„Für uns tut sich da nur die Frage auf, war sie es selber kurz vor ihrem Ableben oder hat der Täter es getan. Sexuellen Missbrauch schließt die Ärztin aus, es wurden keine Sperma Spuren gefunden. Wir müssen die Fingerabdrücke an der Bank untersuchen. Es ist gut möglich, dass der Täter dort Spuren hinterlassen hat."

„Da ist Volker von der KTU schon dran", sagt Sven.

Während alle das Gesagte verarbeiten und über weitere Schritte, die notwendig sind, nachdenken, klingelt das Telefon.

„Kriminalkommissar Förster", meldet sich Fred am Telefon.
Die Falten in der Mitte seiner Stirn werden tiefer, während er dem Anrufer zuhört.

„Wie bitte?", hören ihn die anderen sagen und die Blicke richten sich sofort auf Fred. „Wo sind Sie jetzt? Ja, danke. Wir sind schon unterwegs."

Dann legt er den Hörer auf und schaut in die Runde.

„Ihr werdet es nicht glauben", sagt er. „Die Tote scheint eine gewisse Grit Fichtler zu sein. Die Anruferin eben war Tina Walter. Sie hat eine Mail von einer ihr unbekannten Adresse erhalten. Als Anhang war das Foto von der Toten auf der Bank beigefügt."

„Das kann doch nicht wahr sein. Na dann nichts wie hin", sagt Sven.

„Ich fahre mit Gudrun", sagt Fred. „Ihr bleibt hier und wertet die Ergebnisse der KTU aus, wenn Neues reinkommt. Mal sehen, was diese Frau Walter so zu berichten hat."

Sven und Gerd werfen sich einen Blick zu der sagt, typisch, dass die beiden das wieder machen wollen. Sie nicken nur mit dem Kopf und bleiben im Büro.

9

Nachdem Tina bei der Polizei angerufen hat, fühlt sie sich unwohl. Sie versteht nicht, warum ihr das Foto geschickt wurde. Was hat sie damit zu tun? Nach etwa zehn Minuten erscheinen schon die Beamten. Tina öffnet ihnen die Tür.

„Guten Tag, ich bin Kriminalkommissar Förster und das ist meine Kollegin Mischer", stellt sich der Mann bei Tina vor.

„Guten Tag, Tina Walter, ich habe vorhin bei ihnen angerufen. Kommen sie doch bitte rein und nehmen sie Platz."

Tina macht eine einladende Geste und zeigt auf die kleine Sitzgruppe im hinteren Bereich ihres Büros. Fred und Gudrun nehmen Platz. Tina setzt sich zu ihnen.

„Kann ich ihnen etwas anbieten. Kaffee oder Wasser?", fragt Tina.

„Nein danke. Erzählen sie uns bitte alles genau."

„Was soll ich ihnen sagen", antwortet Tina. „Ich habe heute Morgen zu Hause den Rechner angemacht und meine Mails durchgesehen. Da war eben diese Mail dabei. Ich war irritiert von dem Absender Schule-1982@net.se. Die Adresse kenne ich nicht. Aber 1982 habe ich die Lehre beendet. Das war der Grund, warum ich mich gewundert habe. Nur deswegen habe ich die Mail geöffnet. Sie war leer. Im Anhang war ein Foto. Das habe ich geöffnet. Als ich es vergrößert habe, kam mir das Gesicht bekannt vor. Es wirkte so unnatürlich. Dann sah ich die Ähnlichkeit mit Grit Fichtler. Ich bin mir sicher, dass sie es ist."

Nachdem Tina das gesagt hat, schaut sie traurig nach unten.

Fred räuspert sich.

„Woher kennen sie Frau Fichtler?"

Er benutzt bewusst nicht das Wort - kannten -, denn es ist bisher nicht erwiesen, ob es sich bei der Toten um Frau Fichtler handelt.

„Wir haben 1980 gemeinsam die Lehre begonnen. Während der zwei Jahre waren wir befreundet. Aber wie das dann so ist, haben wir uns nach der Lehrzeit aus den Augen verloren. Seitdem habe ich nichts mehr von ihr gehört."

Tina sieht erst Gudrun und dann Fred an. Mehr kann sie den beiden nicht erzählen.

„Wie war ihre Beziehung damals?", fragt Gudrun.

„Tja, wie war das. Wir haben zusammen gelernt, sind ab und zu gemeinsam zur Disko gegangen. Wie junge Leute in dem Alter eben so sind. Wir haben oft am Wochenende zusammen rumgehangen."

„Wie war es mit Männerbekanntschaften. Gab es da etwas, was sie beide miteinander verbindet?", fragt Gudrun.

Tina grübelt.

„Na ja, was heißt, miteinander verbindet. Wir hatten beide ab und zu mal einen Freund. Nichts Festes. Einmal hatten wir uns sogar beide in den gleichen Typ verknallt", sagt Tina und muss bei dem Gedanken daran lächeln.

Fred wird hellhörig und hakt gleich nach.

„Wie meinen sie das, sie haben sich in den gleichen Typ verknallt?"

Tina wird wieder ernst.

„Ja, was soll ich sagen. Da war so ein Typ in unserem Alter. Der hat an der Berufsschule seine Ausbildung zum Elektriker gemacht. Den fanden wir niedlich. Wie das in dem Alter so ist, haben wir ein bisschen rumgeschäkert. Dann hat es sich so ergeben, dass wir ihn uns geteilt haben. Das klingt jetzt etwas komisch. Aber so war es eben."

Nachdem Tina das erzählt hat, sieht sie die etwas komischen Blicke von Gudrun und Fred.

Schnell fügt sie hinzu: „Nicht das, was Sie jetzt denken. Wir haben gewiss keinen flotten Dreier gemacht. Mal hat er mit Grit geschlafen und mal mit mir. Wir fanden das damals lustig. Aber wie das eben in dem Alter so ist, irgendwann war der Reiz weg und wir sind wieder getrennte Wege gegangen."

Fred und Gudrun tauschen amüsierte Blicke aus.

„Können Sie sich an den Namen von dem Mann erinnern? Für den Fall, dass es sich bei der Toten um Frau Fichtler handelt, müssen wir jeder kleinen Spur nachgehen", sagt Gudrun.

Tina grübelt. „Ich glaube, er hieß Jan. An den Nachnamen kann ich mich nicht mehr erinnern. Das tut mir leid."

„Haben sie irgendeine Erklärung dafür, warum der Täter ihnen diese Mail geschickt hat", fragt Fred.

Tina schaut von einem zum anderen und sagt: „Diese Frage würde ich Ihnen gerne stellen. Ich habe absolut keine Ahnung, was das mit mir zu tun haben könnte."

„Haben sie jemals wieder nach der Lehrzeit mit Frau Fichtler Kontakt gehabt", möchte Gudrun wissen.

„Nein. Wir haben uns seit dem nie wieder gesehen", antwortet Tina wahrheitsgemäß.

„Dann haben wir erst mal keine weiteren Fragen", sagt Fred.

„Wir schicken nachher einen Mitarbeiter aus unserem IT-Bereich bei ihnen vorbei. Er muss sich unbedingt ihren Rechner ansehen und versuchen, den Absender der Mail ausfindig zu machen."

„Das ist in Ordnung. Ich bin heute den ganzen Tag im Büro."

Das T-förmige Zeichen auf dem Bauch der Toten erwähnen sie nicht. Nach der Verabschiedung verlassen beide das Büro.

Wieder im Auto sagt Gudrun zu Fred: „Das ist völlig kurios. Wenn es sich bei der Toten um diese Grit Fichtler handelt, dann müssen wir Frau Walter unbedingt im Auge behalten. Es muss da irgendeine Verbindung geben."

„Ja, das müssen wir", antwortet Fred. „Aber wer sagt uns, dass es ein männlicher Täter ist. Eine Frau ist auch nicht ausgeschlossen", gibt er zu bedenken.

„Du meinst doch nicht etwa, dass Frau Walter das war und uns dann angerufen hat", hakt Gudrun nach.

„Nein. Das meine ich nicht. Wir müssen unsere Ermittlungen nur in alle Richtungen ausweiten. Außerdem warten wir erst mal ab, was unsere PC-Spezialisten auf dem Rechner finden. Sie können dabei ja gleich mal bisschen abchecken, womit Frau Walter sich so neben dem Büroservice beschäftigt. Unter Umständen haben wir eine Chance und können den Absender ausfindig machen."

Dann fahren beide schweigend zum Kommissariat zurück.

Im Büro werden sie schon von Sven und Gerd erwartet.

„Na, was kann Frau Walter zu unserem Unglück beitragen", fragt Sven.

Gudrun lässt sich auf ihren Stuhl fallen und sagt: „Ich brauche jetzt erst mal einen Tee."

„Wollt ihr einen Kaffee", fragt Fred die Anderen.

„Dann hole ich uns einen aus dem Automaten."

Fred geht auf den Flur und kommt nach kurzer Zeit mit einem Tablett und vier Bechern wieder zurück.

„Sieh an, sieh an", sagt Gerd. „Heute serviert der Chef persönlich."

Sie sind ein gutes Team. Fred hat nie großen Wert darauf gelegt, als „Chef" angesprochen zu werden.

„Was haben wir für Ergebnisse von der KTU?" Die Frage geht an Gerd und Sven.

„Volker hat uns die Ergebnisse vorab per Mail geschickt. Fingerabdrücke an der Bank gleich null. Es sind logischerweise jede Menge dran, aber was Brauchbares bezüglich der Leiche nicht. Das Laken. Ebenfalls Fehlanzeige. So ein Ding kannst du in jedem Laden kaufen. Mit der Farbe von dem Zeichen auf ihrem Bauch sieht es ähnlich aus. Irgend so eine Sprühfarbe, die man in jedem Baumarkt bekommt."

Damit endet die Ausführung von Sven. Gerd kann ergänzen.

„Bei der Toten handelt es sich um Grit Fichtler. Die Obduktion hat das eindeutig bestätigt. Sie wohnte in der Weberstraße und hinterlässt einen Ehemann und zwei Kinder im Alter von 33 und 29 Jahren. In ihrem Leben ist bisher nichts auffällig gewesen. Schulzeit, Lehre, Arbeit Familie, etc. Alles im grünen Bereich. Es wurde in ihrem Körper ein Betäubungsmittel nachgewiesen. Vermutlich wurde es ihr kurz vor dem Tod verabreicht. Eine Einstichstelle an ihrem Arm ist aufgefallen. Ob der Tod im betäubten Zustand oder bei Bewusstsein eingetreten ist, lässt sich jetzt nicht mehr feststellen."

Damit endet die Ausführung von Gerd.

Alle schweigen kurz und denken mit Sicherheit das Gleiche. Hoffentlich hat der Täter sie im betäubten Zustand erwürgt.

„Gut", sagt Fred. „Dann kommen wir jetzt zu Frau Walter. Sie checkt heute Morgen ihre Mails und findet eine mit dem Absender Schule-1982@net.se. Den Absender kennt sie nicht. Öffnet die Mail trotzdem, weil sie Schule 1982 stutzig gemacht hat. 1982 hat sie die Lehre beendet. Gemeinsam mit Grit Fichtler, von der sie das Foto als Anhang in der Mail hat."

Fred schweigt und schaut in die Runde. Niemand sagt etwas. Er weiß die Blicke seiner Mitarbeiter zu deuten. Es ist nicht viel, was sie da haben.

„Was sagt Tina Walter selber dazu" fragt Sven.

Gudrun antwortet.

„Sie hat seit Abschluss der Lehrzeit keinen Kontakt mehr zu Grit Fichtler gehabt."

„Ist das nicht komisch", fragt Fred. „Wo sie doch in der gleichen Stadt gewohnt haben?"

„Nein. Das kann ich gut verstehen", sagt Gudrun. „Ich bin hier zur Schule gegangen, aber sehe kaum jemanden von damals. Und aus der Lehrzeit schon gar nicht."

„Sagt mal den PC Fuzzies Bescheid, dass die sich um den Rechner von der Tina Walter kümmern", wirft Fred in die Runde. „Mal sehen, ob uns das weiterbringt. Es hat ja den Anschein, als wenn unser Täter bestens über Frau Walter informiert ist."

Betretenes Schweigen kehrt ein.

„Hoffentlich ist Frau Walter nicht in Gefahr", spricht Sven das aus, was alle anderen denken.

Den Rest des Tages versucht Tina zu arbeiten. Sie kann sich nicht konzentrieren. Die Mail geht ihr nicht aus dem Kopf. Immer wieder stellt sie sich die Frage, wer so etwas tut. Warum wird mir dieses Foto geschickt? Bei den Gedanken daran läuft ihr ein kalter Schauer über den Rücken.

Am späten Nachmittag ruft sie bei Peter an.

„Hi, wie geht es dir", fragt er.

„Geht so. Seit dem Besuch der Polizei geht es mir nicht unbedingt besser. Es ist ihnen ein Rätsel, warum ich diese Mail erhalten habe."

Peter schweigt am Telefon.

„Ich habe ein komisches Gefühl", sagt Tina.

„Soll ich heute nicht doch lieber zu dir kommen", fragt er. Nach kurzem Grübeln sagt Tina: „Nein. Ich muss heute allein sein."

Widerwillig akzeptiert er ihre Antwort und sagt: „Okay. Aber wenn etwas nicht in Ordnung ist und du Hilfe brauchst, dann meldest du dich, ja?"

„Ja. Das mache ich. Ich hab dich lieb", rutscht es ihr raus.

Die prompte Antwort von ihm ist: „Ich dich auch."

Trotz der skurrilen Situation freut sich Tina über die Antwort von Peter.

Sie erledigt ein paar Schreibarbeiten, schließt das Büro und will nach Haus fahren.

Ihr Auto hat sie heute am Hafen auf dem großen kostenfreien Parkplatz abgestellt. Vor der Tür geht sie rechts in Richtung Hafen und kann heute die Nachmittagssonne nicht genießen. Ihre Gedanken sind bei Grit. Sie kann nicht begreifen, was passiert ist.

Vor ihrem Inneren sieht sie sich und Grit in der Disco im Alubau zu der Musik von Tina Turner abrocken. Es war genau der Abend, an dem sie geknobelt haben, wer mit Jan nach Hause geht. Grit hatte gewonnen und ist nach der Disco mit Jan verschwunden, während Tina alleine den Heimweg angetreten hat. Sie war nicht sauer. Dafür haben sich beide zu gut verstanden. Alle drei haben sie damals ihren Spaß gehabt. Das war in Ordnung so.

Tina schließt ihr Auto auf, lässt sich in den Fahrersitz fallen und verriegelt die Türen. Ihr Blick ist starr aus dem Fenster gerichtet, ohne wirklich etwas zu sehen.

Was ist damals passiert, das mit dem heutigen Geschehen in Verbindung gebracht werden könnte.

Sie weiß es nicht. Jan war damals ein cooler Typ, mit dem man Pferde stehlen konnte. Er war immer ehrlich und hat mit seiner Meinung nicht hinter dem Berg gehalten. Genau deswegen haben sie sich alle drei so gut verstanden.

Und jetzt? Grit ist tot. Ich bekomme von einer fremden Mail Adresse das Foto von ihrer Leiche. Unglaublich. Was ist nur passiert?

Tina schüttelt sich, um von diesen düsteren Gedanken loszukommen. Sie startet den Motor, verlässt den Parkplatz und fährt nach Hause.

Wie immer wird sie schon sehnsüchtig von Puschel erwartet. Da das Kätzchen heute lange allein war, kümmert sich Tina erst mal um das Katzenklo und gibt ihr, neben vielen Streicheleinheiten, das Fressen.

„So meine Süße", sagt sie zu Puschel und krault ihr das Fell. „Jetzt bist du versorgt und ich hüpfe unter die Dusche."

10

Er hat seinen PC angeschaltet und wartet darauf, dass die Bilder der Kameras auf dem Bildschirm erscheinen. Die Nachrichten haben ihm bestätigt, dass seine Tat endlich Beachtung gefunden hat. Darüber freut er sich. Ihr werdet bald mehr über mich reden, das verspreche ich euch, denkt er.

Zeitgleich erscheinen die Bilder von Tinas Zimmern auf seinem Bildschirm. Er schaut genau hin, damit er sehen kann, wo sie sich befindet.

In diesem Moment betritt sie das Schlafzimmer, entkleidet sich und geht ins Bad. Mit der rechten Hand nimmt Tina das Duschgel, schäumt ihren Körper ein und wäscht sich. Während er die Aufnahmen anstarrt, drücken seine Kiefer so aufeinander, dass sie schmerzen und ihm Kopfschmerzen bereiten. Er vibriert am ganzen Körper, zittert und atmet so heftig, dass ihm schwindelig und übel wird.

Langsam wendet er sich vom Bildschirm ab und versucht, ihre Bilder aus seinem Kopf zu bekommen. Das gelingt ihm nicht. Er ist vollkommen auf Tina fixiert. Seit Jahren hat er darauf hingearbeitet, sie endlich sehen zu können. Er darf jetzt keinen Fehler machen. Alles läuft nach Plan. Die Polizei tappt im Dunkeln und Tina hat er, dank der Technik, voll unter Kontrolle. Er kann sie beobachten und weiterhin Mails senden, die nicht zurückverfolgt werden können. Nur seinen Hass auf sie muss er bändigen. Sein grausamer Plan zaubert ihm wieder ein Lächeln ins Gesicht.

11

„Dieser Jan, von dem Frau Walter gesprochen hat. Kann der uns unter Umständen weiter helfen, wenn wir ihn ausfindig machen", sagt Gudrun in die Runde.

„Haben wir einen Nachnamen dazu", fragt Sven.

„Nein. Sie konnte sich nur an den Vornamen erinnern."

Sven grübelt und sagt: „Okay. Ich versuche, Kontakt mit der damaligen Berufsschule aufzunehmen, um mehr dazu in Erfahrung zu bringen."

„Hoffentlich hast du Erfolg", mischt sich Fred ein.

„Es liegen schon achtunddreißig Jahre dazwischen."

„Wir müssen es zumindest versuchen."

12

Er liegt auf dem Balkon und lässt sich die wärmende Nachmittagssonne auf den Körper scheinen. Ein Lächeln huscht über sein Gesicht. Genugtuung macht sich in ihm breit. Endlich kommt er seinem lang ersehnten Wunsch näher. Viele Jahre hinweg hat er, mit enormem Zeitaufwand, alle möglichen Informationen über Tina recherchiert und zusammengetragen. Das war nicht immer leicht, denn er durfte niemanden auf sich aufmerksam machen. Jetzt endlich ist der Zeitpunkt gekommen, sie zu zerstören. Er wird ihr alles nehmen, was ihr lieb und wichtig im Leben ist. Dabei soll sie leiden. So, wie er damals gelitten hat, als sie ihm seine Zukunft zerstört hat. All seine Träume lösten sich in Luft auf. Nichts war mehr, wie er es sich vorgestellt hatte. Er hat sich wie ein geprügelter Hund gefühlt.

Bei dem Gedanken an damals ballt er seine Hände zu Fäusten und lässt sie immer wieder auf die Lehne des Stuhls prallen. Ich muss die Nerven behalten, denkt er. Schon der kleinste Fehler kann alles zu Nichte machen. Instinktiv schweifen seine Gedanken zu Nadine. Nadine Zimkus war lange Jahre die Arbeitskollegin von Tina. Er weiß, dass sich beide immer gut verstanden haben. Nach dem Wechsel in andere Firmen brach die Verbindung auseinander. Es war für ihn nicht leicht, Nadine ausfindig zu machen.

13

Tina liegt lange Zeit wach und kann nicht einschlafen. Immer wieder taucht das Bild von Grit vor ihren Augen auf. Nichts kann sie ablenken. Es kann kein Zufall sein, dass mir das Foto geschickt wurde. Was soll es mir sagen? Tina kuschelt sich tief in ihre Bettdecke ein und zittert am ganzen Körper. Tränen laufen ihr über die Wangen, die im Kopfkissen versickern.

Gudrun steht in ihrer Küche und macht Abendbrot. Seit ihrer Scheidung, vor acht Jahren, wohnt sie in dieser kleinen Wohnung Am Mühlenteich, mit Blick auf den Wallensteingraben. Auf der Terrasse sitzt Fred und liest Zeitung. Er hat seine Wohnung in Dargetzow, aber heute bleibt er bei ihr. Sie bringt das Tablett mit dem Geschirr und dem Essen auf die Terrasse und beide genießen es schweigend.

Der Fall von Grit Fichtler beschäftigt sie nach Dienstschluss weiter.

„Was denkst du", fragt Gudrun. Fred schluckt den letzten Bissen runter und zuckt mit den Schultern.

„Es ist schon alles komisch. Jemand bringt Grit Fichtler um und schickt dann das Foto der Toten an Frau Walter. Das macht bis jetzt keinen Sinn", antwortet Fred.

„Ja, aber genau das, gilt es, herauszufinden. Es muss einen Zusammenhang geben. Irgendetwas verbindet den Täter mit Frau Walter", sagt sie. Beide sitzen wieder da und schauen auf den Wallensteingraben.

Im Hintergrund ist der Mühlenteich zu sehen auf dem ein einsamer Angler, in einem Ruderboot, sein Anglerglück versucht.

„Ob der was fängt?", fragt Gudrun.

„Keine Ahnung. Aber ich würde es ihm wünschen. Sein Tag hätte dann einen besseren Ausklang als unser."

„Ja. Da hast du Recht. Wir haben einen ungelösten Mordfall und tappen komplett im Dunkeln. Nicht der geringste Hinweis hat sich aufgetan und uns fehlt jede Spur."

Fred nimmt Gudrun in den Arm und sie küssen sich.

„Das tut gut", raunt sie ihm ins Ohr.

„Ja. Lass uns schlafen gehen und die Arbeit für einen Moment vergessen."

14

Das Büro im Polizeipräsidium wirkt verlassen und leer, als Fred und Gudrun es betreten. Zehn Minuten später erscheinen Sven und Gerd. Gudrun zupft den Blumenstrauß auf dem Tisch zurecht und riecht an den Rosen. Ohne ihren üblichen Kaffee beginnen sie gleich mit der Arbeit. Sven poltert los.

„Die Sache mit der Berufsschule können wir total vergessen. Das Gebäude ist längst abgerissen und damit sämtliche Unterlagen verschwunden. Da ist nix mehr zu holen."

Alle merken, dass er seinen Frust darüber nur schwer verbergen kann.

„Was ist mit dem Laptop von Frau Walter", fragt Fred.

Gerd verzieht das Gesicht und sagt: „Fehlanzeige. Da wurde nichts gefunden. Weder der Absender der Mail oder irgendetwas, was uns mehr Aufschluss über Frau Walter geben könnte. Alles sauber. Sie scheint ein richtiges Arbeitstier zu sein."

„Das ist nichts", kommentiert Fred. „Was wissen wir sonst über Frau Walter?"

Gudrun nimmt ihre Notizen zur Hand.

„Baujahr 1963, geboren in Wismar, Einschulung in Wismar, Schulzeit 1970 bis 1980, danach bis 1982 Lehrzeit und seitdem hat sie immer gearbeitet, nichts Ungewöhnliches. Seit 1995 ist sie selbstständig und hat ihr Büro in der Breiten Straße. Alles in allem führt sie ein unauffälliges Leben. Vor kurzem gab es einen Einbruch in ihrem Haus, aber der Typ sitzt jetzt hinter Gittern."

Damit enden die Ausführungen von Gudrun. Alle vier schauen sich an. Sie wissen, diese Informationen helfen im Moment nicht weiter.

„Okay", sagt Fred. „Wie sieht es bei Frau Walter mit Beziehungen aus. Lebte sie immer allein, gibt es da einen Partner. Wir sollten versuchen, diesen Jan zu finden. Kontaktiert bitte das Einwohnermeldeamt. Damals muss ja jemand mit dem Namen gemeldet gewesen sein."

Er hebt sofort schuldvoll die Hände, als er in die verdutzten Gesichter seines Teams schaut.

„Ich weiß. Es gibt jede Menge Leute mit dem Namen Jan. Aber wir müssen versuchen, ihn zu finden. Zumindest haben wir den Namen und können das Alter eingrenzen."

Das Fenster des Dienstzimmers ist weit geöffnet und dunkle Regenwolken ziehen am Horizont auf. Fred und Sven sitzen grübelnd über der Akte von Grit Fichtler, während Gudrun und Gerd die Fotos an der Pinnwand ordnen.

„Was ist denn mit dem Mann der Toten? Da sollten wir doch mal abchecken, wie die Ehe so gelaufen ist", wirft Gudrun mit Blick auf die Pinnwand ein.

„Dazu habe ich die Nachbarn und Kollegen von Frau Fichtler schon befragt", sagt Sven, ohne seinen Blick von den Unterlagen zu wenden.

„Und." Fragend schaut sie ihn an.

„Sie war bei allen beliebt. Immer hilfsbereit, zuvorkommend. Familiär eine Seele von Mensch. Fürsorglich, warmherzig, etc. Auf Arbeit gab es nie Probleme. Immer pünktlich, zuverlässig, selten krank."

„Klingt doch aber fast zu toll und perfekt, oder was sagt ihr dazu?" Alle blicken auf Gudrun.

„Na ja, seid doch mal ehrlich. Kann ein Mensch so perfekt sein?"

„Ich schon", grinst Gerd.

Gudrun schüttelte nur den Kopf und alle anderen schmunzeln. Immer die gleichen Sprüche von unserem kleinen Macho.

Um das Geplänkel etwas zu entschärfen entscheidet Fred: „Die finanziellen Verhältnisse des Paares haben wir bisher nicht beachtet. Kümmert euch bitte mal darum. Findet heraus, ob es Auffälligkeiten gibt. Ich werde nochmal mit dem Mann von Frau Fichtler reden. Es ist zwar unangenehm, aber ich werde ihn fragen müssen, ob seine Frau eine Intimrasur hatte."

15

Sein Handy maunzt und vibriert in der Jackentasche.

„Hallo Tina."

„Hi, Peter. Wie wäre es heute Mittag mit einem Crepes? Ich habe keine Lust, alleine zu essen."

„Das hört sich gut an. Wann wollen wir uns treffen?"

Schnell einigen sie sich auf halb eins und das Gespräch ist beendet.

Seit dem Morgen versucht Tina alles zu verdrängen. Die wirren Träume der Nacht und der schlechte Schlaf tragen nicht dazu bei. Sie freut sich auf das bevorstehende Mittagessen mit Peter.

Als Tina mit den Angeboten fertig ist, schließt sie das Büro ab und geht die Breite Straße entlang Richtung Löwenapotheke. Hier biegt sie nach rechts in die Krämerstraße ein und geht ein paar Meter entlang der Giebelhäuser bis zu dem kleinen Café auf der rechten Seite. Zum Glück hat sie zwei Plätze bestellt, denn die leckeren Crépes sind mittlerweile überall in Wismar bekannt und das Café ist immer voll.

Vor der Tür sieht sie schon Peter stehen. Sein Anblick löst in ihr eine gewisse Erleichterung aus. Das Wetter ist schön und beide nehmen gerne die Plätze vor dem Lokal in der Sonne. Tina bestellt sich einen Cappuccino und ein Crépes mit Puderzucker. Peter möchte ein Café Latte und einem herzhaften Crépes mit Schinken.

„Wie geht es dir", fragt er.

„Na ja, nicht so gut. Die Sache mit Grit beschäftigt mich. Aber die Mail, die ich bekommen habe, lässt mir keine Ruhe. Nach Zufall sieht es nicht aus. Das macht mir Angst."

Peter weiß nicht, was er sagen soll. Schweigend legt er seine Hand über ihre und drückt sie sanft. Tina kämpft mit den Tränen, freut sich aber über diese liebe Geste.

„Hat sich die Polizei nochmal bei dir gemeldet?"

„Ja. Mein Laptop ist in Ordnung. Da konnten sie nichts finden. Ich weiß nicht, wie sie vorankommen."

Schweigend sitzen sich beide gegenüber, bis das Essen kommt. Sonst verzehren sie es mit mehr Genuss. Heute ist es anders. Tinas Blick ist starr nach vorne gerichtet und sie kaut langsam an dem Crepes. Ab und zu nippt sie an ihrem Cappuccino. Peter ist lange vor ihr mit dem Essen fertig.

„Kommst du heute Abend zu mir und bleibst", fragt sie ihn.

„Ja, gerne."

Er winkt die Kellnerin heran und bittet um die Rechnung.

Tina ist erleichtert, dass Peter sie in dieser Situation nicht alleine lässt. Das wäre das Schlimmste, was ihr jetzt passieren könnte. Ohne ihn würde sie das alles nicht schaffen.

„Ich bringe dich zum Büro."

Tina ist so gerührt von seiner Fürsorglichkeit, dass es ihr die Sprache verschlägt.

Schweigend greift er nach ihrer Hand.

Hand in Hand gehen beide die Krämerstraße hinunter und biegen links in die Breite Straße ein. Vor dem Haus, in dem Tina ihr Büro hat, bleiben sie stehen. Peter verabschiedet sich und Tina betritt das Büro.

Die Fenster sind, wie beim Verlassen des Büros, angekippt, sodass sie die Geräusche der vorbei fahrenden Fahrzeuge und das Kreisen der Möwen hören kann.

Ängstlich schaut Tina in ihr Mailpostfach, aber dort ist keine neue Nachricht. Sie hat Angst.

Am besten ist, Peter bleibt die ganzen nächsten Tage bei mir. Dann fühle ich mich sicherer.

Mit ein paar Telefonaten und reichlich Schreibarbeiten vergeht der Nachmittag für Tina schnell. Der Blick auf die Uhr sagt ihr, dass es dreiviertel fünf ist.

Mal sehen, was der Eisschrank so hergibt, um heute Abend ein leckeres Essen zu zaubern. Pünktlich siebzehn Uhr verlässt Tina das Büro, um nach Hause zu gehen.

Den Gang durch die Altstadt nach Wismar Süd hat Tina schon tausende Male gemacht, aber sie genießt ihn immer wieder. Die Altstadt von Wismar ist wunderschön, nicht nur die Besucher und Gäste. Tina ist immer wieder von der schönen Architektur und dem gesamten Ambiente beeindruckt. Alles, was sie hier umgibt, vermittelt ihr ein Gefühl von Heimat und Vertrautheit. Einige Straßen und Gassen lassen in ihr Kindheitserinnerungen wach werden. Genau deshalb genießt sie jeden kleinen Gang durch die Stadt.

Ihr Blick schweift über die Auslagen des neuen Gemüseladens in der Dankwartstraße. Beim Anblick des Brokkoli fällt ihr auf, dass sie schon lange keine

Gemüselasagne mehr gemacht hat. Mmh, das wäre doch genau das Richtige für heute Abend.

Sie nähert sich dem Ende der Dankwartstraße und erblickt das Straßenschild mit der Bezeichnung Am Schilde. Dort überkommt sie wie immer das Gefühl von Wehmut. Solange Tina denken kann, befand sich hier die Zoohandlung, die jeder in Wismar kannte.

Schon als kleines Mädchen stand sie hier vor dem Schaufenster und hat sich mit Begeisterung die Tiere angesehen, die dahinter zu sehen waren. Der alteingesessene Besitzer der Zoohandlung hat leider keinen Nachfolger und Käufer gefunden. Damit ist ein Stück alter Tradition aus Wismar verschwunden. So empfindet Tina das zumindest.
Heute befindet sich hier der Altstadt Konsum, der rund um die Uhr geöffnet hat.

Nur ein einziges Mal hat Tina hier etwas eingekauft, als sie aus dem Urlaub kam. Damals war der Kühlschrank leer und nichts hatte mehr auf. Aber ansonsten versucht sie dort nicht hineinzugehen. Sie möchte sich die schönen Kindheitserinnerungen an die Zoohandlung bewahren.
Die Ampel an der Ecke Dr.-Leber-Straße steht auf Rot und Tina muss warten. Unwillkürlich dreht sie sich um und ihr Blick gleitet an der Fassade der Dr.-Leber-Straße 93, hinauf zu dem Erker. Dort hat sie als kleines Mädchen ein paar Jahre gelebt. Die Erinnerung daran ist nur dunkel, da sie ein kleines

Kind gewesen ist. Bei dem Anblick durchströmt sie dennoch immer ein wohliges und warmes Gefühl.

Die Ampel schaltet auf Grün und Tina ist wieder im Hier und Jetzt.

Sie überquert die Straße und vor erscheint die Schweriner Straße mit dem kleinen grünen Park. Auf der rechten Seite steht der Gedenkstein von Ernst Thälmann und linker Hand erhebt sich das Volkshaus, in dem heute eine Kindertagesstätte untergebracht ist.

Ihre Schritte werden schneller, denn kurz entschlossen huscht sie in den Edeka, der in der Schweriner Straße ist und kauft Gemüse und Reibekäse für das Abendessen ein. Der Gedanke an die Gemüselasagne ist zu verführerisch.

Nun steht sie da, mit ihrem Gemüse in der Hand und ärgert sich über die lange Schlange an der Kasse. Nicht das Peter vor mir das ist, denkt Tina ärgerlich. Endlich kann sie ihr Gemüse auf das Band legen und atmet erleichtert auf, als sie den Edeka Markt wieder verlässt.

Nach knapp zehn Minuten steht Tina vor ihrer Haustür, sieht in den Briefkasten, der leer ist und betritt das Haus. Puschel erwartet sie schon laut maunzend und lässt sich gleich von Tina kraulen.

„Hallo meine Süße. Heute musstest du lange alleine bleiben. Ich gebe dir gleich Futter. Dann brauche ich aber Zeit für mich. Peter kommt nachher und er wird dann ein paar Tage länger als sonst bleiben. Sei lieb zu ihm."

Nachdem Tina das zu ihrem Kätzchen gesagt hat, wird sie wieder ernst. Die schrecklichen Gedanken kehren zurück.

Sie atmet tief durch und fängt in der Küche mit den Vorbereitungen für das Abendessen an.

Es dauert nicht lange, da klingelt es an der Tür.

Sie wischt sich schnell die Hände am Handtuch trocken und öffnet die Haustür.

Vor ihren Augen taucht ein großer Blumenstrauß auf, der sich langsam senkt und Peters Gesicht kommt zum Vorschein.

Sie muss lachen.

„Die sind wunderschön", freut sich Tina und strahlt über das ganze Gesicht. Für einen Moment vergisst sie alles Schreckliche.

Er drückt sie zärtlich, begrüßt Puschel und geht in die Küche. Das Kätzchen folgt ihm auf Schritt und Tritt, Tina muss lachen.

„Puschel mag dich."

„Ja natürlich, ich wirke nicht nur auf Frauen anziehend", erwidert Peter lachend und nimmt Tina in den Arm. Sie schauen sich in die Augen und Tina schmiegt sich an seine Schulter.

„Halte mich fest. Mir ist so schlecht, wenn ich an all das denke, was passiert ist."

„Mach dir keine Sorgen. Ich bin bei dir, egal was passiert, ich werde dich beschützen."

Tina legt ihre Hände auf seine Schultern, schiebt ihn auf Armlänge von sich weg und sieht ihm in die Augen.

„Das weiß ich. Dafür bin ich dir unendlich dankbar."

Tina lacht.

„Wenn ich jetzt nicht in der Küche weiter mache, dann brennt unser Essen an."

„Das wäre furchtbar. Ich habe einen Mordshunger."

Nach dem Abendessen sitzen beide, mit einem kühlen Glas Weißwein, auf der Terrasse und genießen den Sonnenuntergang. Peter dreht das Glas zwischen den Fingern und sein Blick schweift über die Blumentöpfe auf der Terrasse hinaus in den Garten.

Tina wohnt hier schön. Mitten im Grünen. Alles wirkt gepflegt. Gerne würde Peter mit Tina zusammenbleiben und dafür seine Wohnung aufgeben, um zu ihr zu ziehen. Aber Tina ist dazu noch nicht bereit.

Er schaut zu der geschlossenen Terrassentür und muss lachen. Puschel sitzt dahinter und maunzt.

„Meinst du, Puschel würde weglaufen, wenn du sie in den Garten lässt?"

„Die Katze bleibt im Haus", antwortet Tina energisch. „Ich möchte sie nicht breit gefahren von der Straße holen müssen. Sie ist von klein an ein Stubentiger und kennt das Leben draußen nicht. Nein. Nein. Das bleibt alles so, wie es ist."

Beide beobachten Puschel hinter der geschlossenen Glastür und müssen lachen.

„Lass uns reingehen. Es wird ohnehin schon frisch“, sagt Tina und räumt den Tisch ab.

Fast zeitgleich, ein paar Kilometer weiter in der Altstadt, sitzt er vor dem Bildschirm seines PC und beobachtet, wie Tina und Peter die Terrasse verlassen. Seine Gefühle sind eine tödliche Mischung aus Hass und Eifersucht. In ihm steigt Wut auf. Er beobachtet beide auf dem Monitor. In der Küche umarmen sie sich. Sein Blick erstarrt und mörderische Lust wird in ihm entfacht. Wie hypnotisiert steht er auf, seine Augen bleiben auf den Bildschirm gerichtet, sodass er alles sehen kann. Tina und Peter verlassen die Küche. Leise murmelt er vor sich hin: „Ja, ich wünsche dir eine gute Nacht.“

Seinen Zynismus kann er dabei nicht unterdrücken. Er schaltet den Computer aus und verlässt den Raum.

16

Die Stimmung im Kommissariat ist an diesem Morgen gedrückt. Alle haben das Gefühl auf der Stelle zu treten und sind mit den Ermittlungsergebnissen mehr als unzufrieden. Da helfen die frischen Blumen auch nicht, die Gudrun mitgebracht hat und neben den Keksen und Bonbons auf den Tisch stellt. Fred schaut Sven an.

„Haben wir schon Informationen zu dem Typen, mit dem Frau Walter zusammen lebt?“

„Sein Name ist Peter Bessen. Ist Baujahr 1964, ein Jahr jünger als Tina Walter. Sie kennen sich aus der Zeit in der Berufsschule. Er war in der Klasse der Informatiker, sie bei den Wirtschaftskaufleuten. Was aus dieser Zeit auffällig ist, Peter Bessen muss Jan gekannt haben, da er an der gleichen Berufsschule bei den Elektrikern gewesen ist."

„Haben wir ihn schon befragt?"

„Nein. Diese Info haben wir ja erst von Tina Walter erhalten."

Es ist Fred anzusehen, dass er grübelt.

„Befragt doch bitte die beiden nochmal. Die sind nicht seit der Lehrzeit zusammen. Ich möchte alles wissen, wie sie sich kennengelernt haben, usw."

„Okay", sagt Sven. „Ich kümmere mich darum."

Sven verlässt das Büro und geht zum Parkplatz. Auf dem Weg dahin zieht er am Kaffeeautomaten einen Becher für unterwegs und verlässt das Polizeigelände.

Im Bereich des Hafens kommt es aufgrund einer Baustellenampel zum Stau. Automatisch muss Sven an die Leiche denken, die dort am Ende der Kaimauer auf einer Bank abgelegt wurde. Was verbindet diese beide Frauen auf so eine innige Weise, dass es zu diesem grausamen Mord gekommen ist? Ist unter Umständen sogar Tina Walter die Mörderin? Könnte sie in Frage kommen? Und wenn ja, was bezweckt sie dann damit, sich selbst diese Mail zu schreiben und bei der Polizei anzurufen? Wenn nein, was will der Täter dann mit der Mail und dem Bild bezwecken? All diese Fragen beschäftigen Sven.

Erst das lautstarke Hupen reißt ihn aus seinen Gedanken, weil die Ampel schon längst auf Grün steht.

Er parkt in der Breiten Straße direkt vor dem Parkscheinautomaten, löst den Schein und legt ihn hinter die Windschutzscheibe. Etwa fünf Meter weiter links befindet sich das Büro von Tina Walter. Ein kleines Schild neben der Klingel weist auf den Büroservice hin. Sven klingelt, aus der Sprechanlage ertönt ein knappes: „Ja bitte."

„Hier ist Sven Fischer von der Kriminalpolizei, ich habe ein paar Fragen an Sie."

„Einen Moment."

Fast zeitgleich ertönt der Summer an der Tür und Sven drückt die schwere Holztür auf. Frau Walter steht in der Tür zu ihrem Büro.

„Guten Tag kommen sie."

Sven betrachtet das kleine Büro und folgt der Einladung in die kleine Sitzgruppe im hinteren Teil des Raumes.

„Wie kann ich ihnen helfen."

„Ist ihnen etwas bezüglich Frau Fichtler eingefallen?"

„Nein. Ich habe ihnen alles gesagt. Wir hatten ja nach der Lehrzeit überhaupt keinen Kontakt mehr zueinander."

„Was ihre Beziehung zu Herrn Bessen betrifft, was können sie mir dazu sagen?"

Tina schaut ihn etwas irritiert an. Sie kann mit der Frage nichts anfangen. Was soll sie ihm dazu sagen können?

„Wie meinen sie das. Wir haben eine normale Beziehung zueinander. Ich weiß jetzt nicht, was sie von mir hören wollen."

„Entschuldigung. Ich habe mich falsch ausgedrückt. Wie lange sind sie mit Herrn Bessen liiert?"

„Wir haben uns vor vier Monaten im Theater bei einer Aufführung des Berliner Kriminal Theaters gesehen. Es war seit der Lehrzeit das erste Mal, das wir uns wieder gesehen haben. Wir hatten uns komplett aus den Augen verloren, wie das bei den meisten ist, die man aus der Lehrzeit noch kennt. Damals an der Berufsschule, haben wir uns überhaupt nicht beachtet. Nach dem Theater sind wir auf ein Glas Wein in der Lübschen Thorweide eingekehrt und haben uns nett unterhalten. An dem darauffolgenden Freitag haben wir uns dann zum Abendessen in der Schwedenwache verabredet. Dort hat es sich so ergeben, dass wir uns öfter gesehen haben. So ist diese Beziehung entstanden, wie sie jetzt ist."

Tina sieht Sven Fischer fragend an. Er räuspert sich kurz.

„Kennt Herr Bessen diesen Jan, von dem sie uns erzählt haben?"

„Ich denke schon. Genau weiß ich es nicht. Wir waren damals alle ein Jahrgang in der Lehrzeit und kannten uns untereinander."

„Ist ihnen zu dem Jan etwas eingefallen, wie wir ihn unter Umständen finden können?"

„Nein. Leider nicht. Ich kann mich ja nicht mal mehr an seinen Nachnamen erinnern."

Na toll dachte Sven, paarmal rumgepoppt in jungen Jahren aber den Namen nicht mal mehr wissen. Weiber.

„Gut. Dann habe ich erstmal keine weiteren Fragen. Bitte halten sie sich weiterhin zu unserer Verfügung, falls wir weitere Fragen haben."

„In Ordnung. Ich bin ja meistens hier im Büro. Meine Telefonnummer haben sie ja."

Unzufrieden mit dem Ergebnis der Befragung von Frau Walter fährt Sven wieder zurück zur Dienststelle.

Die Stimmung im Büro ist ähnlich wie die von Sven. Alle haben das Gefühl, etwas übersehen zu haben und auf der Stelle zu treten. Sie haben in diesem Fall nichts Greifbares und keinerlei Ansatzpunkte.

Alle sind sich darüber einig, dass sie unter allen Umständen diesen Jan finden müssen. Unter Umständen kann er entscheidende Hinweise geben. Sven schaut auf die Tafel mit den spärlichen Informationen, die ihnen vorliegen.

„Was mich etwas beunruhigt ist die Tatsache, dass Frau Walter und auch Herr Bessen diesen Jan kennen. Ebenso hat Frau Fichtler alle gekannt. Frau Walter, Herrn Bessen und diesen ominösen Jan. Was verbindet sie alle miteinander? Doch nicht nur die

Tatsache, dass alle in der gleichen Berufsschule zur gleichen Zeit ihren Beruf erlernt haben. Das ist doch alles nur merkwürdig."

„Ja", pflichtet Gudrun ihm bei. „Ich habe das Gefühl, das wir uns immer nur im Kreis drehen und zu keinem brauchbaren Ergebnis kommen."

Fred steht auf und wandert mit ernstem Gesicht im Büro hin und her.

„Ja. Die Lage, in der wir uns zurzeit befinden, ist nicht gut. Wir haben nichts in der Hand. Da gibt es eine tote Frau, deren Lebensgeschichte nur positiv verlaufen ist. Der oder die Täter, oder Täterin, schicken ein Foto der Toten per Mail an Frau Walter, die diese Frau aus der Berufsschule kennt und damals mit ihr befreundet war. Eine Gemeinsamkeit könnte dieser Jan darstellen, da beide Frauen, damals etwas mit ihm hatten. Aber nach so vielen Jahren spielt Eifersucht keine Rolle mehr, womit Frau Walter als Täterin ausscheidet. Dann haben wir Peter Bessen. Der kennt ebenfalls beide Frauen. Zumindest theoretisch. An Frau Fichtler kann er sich ja offensichtlich nicht mehr erinnern. Was aber nicht schlimm ist, denn wer kann sich schon an alle Schüler aus anderen Klassen von damals erinnern."

„Wenn er denn die Wahrheit sagt", fügt Gerd hinzu.

„Tja. Das ist eine gute Frage. Sagen beide die Wahrheit?"

„Reichen vier Monate nach so langer Zeit aus, um einen Menschen zu kennen", wirft Gudrun ein.

„Wir werden beide im Auge behalten und müssen unbedingt diesen Jan finden."

17

Auf den ersten Blick sieht alles friedlich aus. Die späte Nachmittagssonne taucht das Ambiente des Lohberg in ein schönes Licht. Die Leute sitzen gemütlich in der Sonne bei Eis, Bier oder leckerem Essen. Die Zeit scheint entlang der kleinen Hafenkneipen vor Glückseligkeit still zu stehen.

Mitten unter ihnen steht er und beobachtet schon eine ganze Weile Nadine. Er ist ihr unauffällig von ihrer Arbeitsstelle am Rathaus, die Krämerstraße hinunter, entlang der Bohrstraße und der Frischen Grube bis zum Lohberg gefolgt. Hier sieht sie sich suchend nach einem freien Tisch am Brauhaus um. Gezielt geht sie auf einen kleinen Tisch zu. Gespannt beobachtet er, ob die anderen drei Plätze frei bleiben.

Zu schnell darf er ihr nicht folgen. Das könnte auffallen. Er hofft, dass die Plätze ein paar Minuten frei bleiben, sonst muss er sich eine andere Gelegenheit suchen. Nach quälenden knapp zwanzig Minuten schlendert er, so gelassen wie möglich, auf den Tisch zu, an dem Nadine sitzt. Wie beiläufig fragt er, ob ein Platz frei wäre.

Nadine blickt auf und antwortet freundlich lächelnd: „Ja", und er nimmt Platz.

Die Kellnerin steuert auf den Tisch zu und fragt: „Was möchten Sie gerne trinken?"

Er bestellt sich einen Aquavit und ein großes Glas Wasser. Kurz darauf erscheint sie mit den Getränken, lässt die Speisekarte neben der Blumendekoration liegen und nimmt am Nachbartisch die Bestellung auf.

Beide sitzen schweigend da und blinzeln in die Sonne. Unwillkürlich treffen sich ihre Blicke. Er greift nach dem Glas Aquavit, dreht es zwischen den Fingern und prostet ihr zu. Sie erwidert es mit ihrem Glas Weißwein und beide lächeln sich an. Sein Plan scheint aufzugehen.

Nach kurzer Zeit entwickelt sich ein heiteres Gespräch zwischen ihnen und er lügt ihr das Blaue vom Himmel vor. Für Außenstehende wirkt das Ganze wie ein nettes Gespräch zwischen Freunden.

Nadine entschuldigt sich kurz bei ihm, da sie mal zur Toilette muss. Es kann nicht besser laufen.

Während sie die Toilette aufsucht, mischt er unauffällig ein paar Tropfen in ihren Weißwein. Zufrieden lehnt er sich zurück und wartet, dass sie wieder draußen vor der Gaststätte erscheint.

Er prostet ihr abermals zu und sie nippt an ihrem Glas. Das Gespräch geht munter weiter und er beobachtet jedes Nippen an ihrem Getränk genau, damit sie endlich genug davon getrunken hat. Langsam wird Nadine immer apathischer und fängt an, die Augen zu verdrehen.

„Ist dir nicht gut?"

Sie lallt nur unverständliche Worte vor sich hin. Durch ein Handzeichen macht er die Kellnerin darauf aufmerksam, dass er die Rechnung haben möchte. Die Endsumme und ein kleines Trinkgeld legt er auf den Teller, steht auf und geht um den Tisch herum.

Von hinten greift er Nadine kräftig unter die Arme und geht mit ihr, so langsam und unauffällig wie möglich, in Richtung seiner Wohnung.

18

Nachdem Tina das Telefongespräch mit ihrer Mandantin beendet hat, starrt sie schweigend auf den Bildschirm ihres PC. Sie fängt an, über ihr Leben nachzudenken. Ihr kleiner Büroservice läuft gut, sodass sie mit den Einnahmen gut leben kann. Sie kann sich das kleine Häuschen in Wismar Süd leisten und führt ein gutes und entspanntes Leben. Gerne würde sie mit Peter zusammenbleiben. Ob er das auch möchte? Bei dem Gedanken muss Tina schmunzeln.

Es ist kurz vor halb drei am Nachmittag. Tina ruft kurz entschlossen bei Peter an.

„Hallo Peter. Hast du noch viel zu tun oder können wir uns gleich mal treffen?"

„Hallo Tina. Es ist zwar erst halb drei, aber ich mache nur schnell diese eine Sache hier fertig, dann könnte ich gegen halb vier bei dir sein."

„Das ist prima. Ich mache in einer halben Stunde mein Büro zu. Das wichtigste für heute ist erledigt und ich habe einfach keine Lust mehr. Wir können uns im Hafen in Höhe der Kogge treffen. Ich setze mich da auf eine Bank und warte auf dich."

„Super. Dann bis nachher."

Tina räumt ihren Schreibtisch auf, schließt alle geöffneten Programme auf dem PC und fährt ihn herunter. Sie stellt ihr benutztes Glas in die kleine Pantry Küche und die leere Wasserflasche in den Kasten hinter der Tür. Ein Blick auf die Uhr sagt ihr, dass es Viertel vor drei ist. Bis zum Hafen sind es für Tina keine fünf Minuten. Also gießt sie schnell noch die Blumen auf den Fensterbänken, die zu dieser Jahreszeit der prallen Sonne ausgesetzt sind. Die Flamingoblumen gießt sie etwas großzügiger, da sie mehr Wasser verbrauchen als die anderen Pflanzen.

Sie schließt die Tür des Büros zu und verlässt das Haus. Zu dieser Zeit schlendern unendlich viele Touristen durch die Breite Straße. Die einen kommen vom Hafen und die anderen gehen zum Hafen.

Tina schlängelt sich zwischen ihnen hindurch in Richtung Hafen. Am Ziegenmarkt biegt sie rechts ab, überquert diesen und geht weiter zum Lohberg. Vor dem Restaurant New Orleans geht sie die kleinen Stufen zur Hauptstraße hinauf und wartet, bis sie die Straße überqueren kann. Auf der gegenüberliegenden Straßenseite bahnt sich Tina den Weg durch die Touristen nach rechts Richtung des alten Hafens. Je näher sie dem Hafen kommt, umso mehr Menschen kommen ihr entgegen. Da Wismar ihre Geburtsstadt und Heimat ist, freut sie sich auch sehr darüber, dass viele Menschen diese Stadt besuchen. Vor dem roten Backsteingebäude, in dem sich heute ein italienisches Restaurant befindet, geht Tina links an der Kaimauer, entlang der Fischkutter weiter bis zum Liegeplatz der Kogge.

Die Kogge ist ein originalgetreuer Nachbau des Wracks, das 1999 bei Timmendorf auf der Insel Poel geborgen wurde. Im Sommer 2000 wurde im Wismarer Hafen der Nachbau auf Kiel gelegt. 2004 war die Taufe und seither fährt die Kogge weit über die Wismarer Bucht hinaus und kann von jedermann gebucht werden.

In Nähe der Kogge sucht Tina eine Bank, setzt sich und hält ihr Gesicht in die Sonne. Sie genießt die wärmenden Sonnenstrahlen auf ihrer Haut und vergisst ihre Umgebung und die sie quälenden Gedanken. Ein Schatten verdunkelt ihr Gesicht und sie blinzelt erschrocken nach oben. Peter steht vor ihr und lächelt sie an.

„Na. Hast du dir die Sonne ins Gesicht scheinen lassen?"
Er setzt sich neben Tina und gibt ihr zur Begrüßung einen Kuss auf die Wange. Beide sitzen still nebeneinander, lauschen dem Kreischen der Möwen, den Wortfetzen der vorbeilaufenden Menschen und

starren auf die glitzernde Oberfläche des Wassers der Ostsee. Peter beendet als Erster das Schweigen.

„Warum wolltest du hierher?"

„Du weißt doch, dass ich den Hafen liebe und gerne hier bin."

„Ja. Das weiß ich. Aber hängt es doch ein bisschen mit Grit zusammen?"

Tina schweigt und starrt auf das Wasser. Peter sieht, wie sich ihre Augen mit Tränen füllen und sie ihr über die Wangen laufen.

„Entschuldige bitte, das wollte ich nicht."

Er nimmt Tina in den Arm und wischt ihr mit seiner Hand die Tränen die weg.

„Ich weiß", antwortet sie mit belegter Stimme und sieht nach unten auf den Boden vor sich. Energisch wischt sich Tina die Tränen aus dem Gesicht und wirft den Kopf in den Nacken.

„Ich habe Angst. Angst vor dem, was alles passiert. Grit wird umgebracht und die oder der, wer immer das getan hat, schickt mir dieses abscheuliche Foto. Was soll es mir sagen? Wem habe ich etwas getan? Ich verstehe die Welt nicht mehr."

Während Tina das sagt, weicht ihr Blick nicht von dem Wasser im Hafenbecken. Die Oberfläche glänzt im Licht der Sonne, die Enten ziehen ihre Runden und die Möwen versuchen, den Passanten die Fischbrötchen zu stehlen. Alles wirkt so friedlich und schön.

Aber der Schein trügt.

19

Als er das Zimmer betritt, versucht Nadine sich zu bewegen und will etwas sagen. Nichts von alldem gelingt ihr, da sie fest an das Bett gebunden und ihr Mund sicher verklebt ist. Er steht schweigend da und blickt mit eiskalten Augen auf sie hinab. Sein Äußeres lässt keine Regung, kein Mitgefühl oder überhaupt eine menschliche Geste erkennen. Er will nur Rache für seine eigene Schmach. Dass er dabei unschuldige Menschen tötet, ist ihm gleichgültig. Nur sein Ziel ist ihm wichtig.

Zu Nadine gewandt sagt er, betont langsam und deutlich: „Du wirst sterben."

Ihr Versuch, sich zu bewegen, scheitert abermals. Schreien kann sie nicht mit dem Knebel im Mund. Nur die Augen reißt sie angstvoll auf.

Er steht vor ihr und lacht. Nadine ist vor Angst gelähmt und liegt nur still da. Wieder bleibt er vor ihr stehen und sieht auf sie hinab.

Er dreht sich um und geht in die Küche. Als er den Raum wieder betritt, hält er eine Schere in der Hand.

Mit starrem Blick schneidet er Stück für Stück ihre Sachen in Fetzen und wirft sie auf den Fußboden. Nachdem er sämtliche Sachen von ihrem Körper entfernt hat, hält er inne und lächelt.

Die Augen weit aufgerissen, der Hals trocken vor Angst und am ganzen Körper zitternd, liegt sie vor ihm.

Er greift in eine Tüte, die auf dem Fußboden liegt. In seiner Hand erscheint eine Dose mit Farbe und ein Einmalrasierer. Nadine wirkt wie bewusstlos. Ihr Gehirn hat aus Todesangst schon abgeschaltet.

Genussvoll lauscht er dem Schaben des Rasierers über ihre Schamhaare.

Er liebt dieses Geräusch und kann seine Erektion nicht unterdrücken. Sein Atem geht schnell, während der Brustkorb heftig auf und ab bebt.

Danach ist er gleich wieder mit den Gedanken bei Nadines Körper. Er greift zu der Spraydose mit der Farbe. Den Strahl der Farbe sprüht er mittig, kurz unter ihrer Brust über den Bauchnabel hinweg bis zu dem Ansatz, wo die Schamhaare beginnen.

All das nimmt sie kaum wahr.

Als er damit fertig ist, betrachtet er genussvoll sein Werk. Er ist mit sich zufrieden. Alles, was er jetzt tut, wirkt einstudiert und motorisch.

Er beugt sich über ihr Gesicht. Sie nimmt es nicht mehr wahr. Fast vorsichtig berührt er ihre Wangen und flüstert: „Aufwachen, es ist so weit!"

Sie reißt ein letztes Mal die Augen weit auf und er würgt sie, bis ihm die Hände schmerzen. Sie ist schon lange tot, als er die Hände von ihrem Hals nimmt. Während er von ihr lässt, bricht er zusammen und bleibt regungslos sitzen. Wie lange weiß er nicht mehr.

Als er zu sich kommt, ist ihm kalt und er zittert am ganzen Körper.

Nach und nach realisiert er, was vor seinem Zusammenbruch geschehen ist. Wie elektrisiert schießt er hoch, blickt auf die Uhr und weiß, es wird Zeit.

20

Gegen vier Uhr dreißig wird Fred durch sein Handy aus dem Schlaf gerissen. Die Leitstelle teilt ihm mit, dass auf dem Marktplatz an der Wasserkunst eine weibliche leblose Person gefunden wurde. Er ist sofort hellwach. Nach dem Telefonat trommelt er sofort sein Team zusammen und alle treffen fast zeitgleich am Fundort ein.

Die Wasserkunst, das Wahrzeichen des schönen Marktplatzes von Wismar, bietet heute ein schreckliches Bild. Blaulicht zuckt über den Platz und taucht das sonst so beschauliche Ensemble in ein mystisches Licht. Eine kleine Menschengruppe hat sich außerhalb der Absperrung, im Bereich der Sparkasse und der Deutschen Bank gebildet.

Fred und seinem Team, sowie den Streifenpolizisten vor Ort bietet sich ein schreckliches Bild.

Eine Frau, wieder in ein Laken gehüllt, sitzt mit weit aufgerissenen Augen auf den Stufen der Wasserkunst. Die paar kleinen Stufen führen auf das Rondell der Wasserkunst und von dort gelangt man zu dem Eingang. Da sie auf den oberen Stufen abgelegt wurde, wirkt ihr Oberkörper unnatürlich nach hinten durchgebogen. Förster und sein Team stehen fassungslos davor.

Durch das Räuspern von Frau Dr. Müller werden sie aus ihrer Starre gerissen.

„Die Frau wurde erwürgt. So wie der Hals aussieht, hat der Täter länger als nötig zugedrückt. Der Todeszeitpunkt dürfte in den gestrigen Abendstunden liegen. Genaueres kann ich erst nach der Obduktion sagen."

„Ja. Ist klar", antwortet Fred nur knapp.

„Da ist noch etwas anderes."

Frau Dr. Müller nimmt vorsichtig das Laken zur Seite und deutet auf den mit Farbe aufgesprühten Strich. Allen im Team ist klar, dass es sich hierbei um den gleichen Täter wie bei Grit Fichtler handeln muss.

„Du bekommst die Auswertung so schnell wie möglich", ergänzt sie, sammelt ihre Utensilien ein und verschwindet.

Der Fundort ist zu diesem Zeitpunkt schon weiträumig abgesperrt, um die Blicke der Neugierigen fernzuhalten.

„Der zweite Mord innerhalb kürzester Zeit", entfährt es Sven. „Das gleiche Muster."

Gudrun zuckt zusammen, als hätte sie einen Schlag bekommen. Alle schauen erschrocken zu ihr.

„Wir müssen zu Frau Walter, es ist eindeutig derselbe Täter."

Der Schreck ist allen anzusehen, sie wissen, Gudrun hat Recht.

„Komm mit." Fred wendet sich an Gerd: „Wir fahren sofort hin."

Über die Schulter ruft er den anderen zu: „Fahrt ihr ins Büro und stellt alles zusammen, was wir bisher haben".

Dann war er mit Gerd verschwunden.

21

Tina liegt schon wach im Bett. Sie stellt den Wecker aus, damit er gar nicht erst klingelt. Peter ist schon wach und sieht Tina an.

„Kannst du nicht mehr schlafen?", fragt sie ihn.

„Nein. Normalerweise stehe ich später auf. Aber im Moment ist es anders", dabei dreht sich Peter zu Tina und lächelt sie an.

Beide schauen sich in die Augen. Er umfasst Tinas Schultern und zieht sie zu sich heran. Seine Zunge umspielt ihre Lippen, während seine Hände unter der Bettdecke nach ihren Brüsten tasten und diese liebevoll berühren.

Tina atmet tief durch und genießt den Augenblick. Mit einem Lächeln im Gesicht sagt sie ihm: „Wir müssen aufstehen, der Alltag ruft."

Zum Antworten kommt Peter nicht mehr, da klingelt es an der Haustür.

„Wer ist das denn um diese Zeit", entfährt es Tina.

Peter schüttelt mit dem Kopf.

„Keine Ahnung. Geh nicht gleich runter. Lass uns erst aus dem Fenster sehen, wer da ist."

Tina steht auf und öffnet das Fenster. Sie erkennt Hauptkommissar Förster wieder. Diesmal ist aber nicht die Frau, sondern ein männlicher Beamter dabei.

„Guten Morgen", ruft sie runter.

„Guten Morgen", erwidert Fred. „Entschuldigen Sie die frühe Störung. Aber wir müssen Sie dringend sprechen."

„Ich komme runter", ruft sie ihnen zu.

Tina schließt das Fenster, schaut zu Peter und sagt: „Es ist die Polizei."

Rasch wirft sie sich den Bademantel über und geht hinunter.

In der Zwischenzeit schlüpft Peter schnell in seine Sachen.

Tina zieht den Bademantel fest an sich und öffnet den Beamten die Tür. Beide grüßen höflich, was Tina erwidert.

„Tut uns leid", sagt Fred. „Aber wir müssen sie dringend sprechen. Das ist mein Kollege Herr Griebner. Dürfen wir hereinkommen?"

„Ja", sagt Tina und gibt den Weg frei. „Die erste Tür links", ruft sie ihnen nach.

„Bitte. Nehmen sie Platz", sagt Tina und zeigt auf die Couch. Sie selbst setzt sich auf den Sessel. Als alle sitzen, kommt Peter dazu, grüßt höflich und setzt sich ebenfalls.

„Das ist Herr Bessen. Mein Lebensgefährte", stellt sie Peter den Beamten vor.

Fred redet nicht lange um den heißen Brei herum. Er konfrontiert Tina gleich mit den Tatsachen.

„Wir haben heute in den Morgenstunden eine Tote gefunden und haben Grund zu der Annahme, dass es sich um den gleichen Täter wie bei Grit Fichtler handelt. Aus diesem Grund möchten wir sie bitten, ihre Mails einmal zu prüfen."

Tina ist völlig verwirrt und hört sich, wie aus weiter Entfernung fragen: „Wie kommen Sie darauf, dass es der gleiche Täter sein könnte?"

„Das können wir ihnen aus ermittlungstechnischen Gründen leider nicht sagen", entgegnet Fred.

„Wir müssen aber in alle Richtungen ermitteln, daher ist es zwingend erforderlich, dass wir uns ihre Mails ansehen dürfen."

Tina zögert, sieht Peter an, beide zucken nur mit den Schultern und sie sagt: „Kommen sie mit. Oben im Arbeitszimmer steht mein Laptop."

Tina geht vor, Fred und Gerd folgen ihr.

Der Bademantel lässt den Blick auf ihre nackten Schenkel zu und Gerd strahlt bei dem Anblick über das ganze Gesicht. Fred haut ihm den Ellenbogen in die Seite, was soviel heißen soll, dass er sich zusammen reißen möchte.

Tina schaltet den PC an, loggt sich ein und dann zögert sie, das Postfach zu öffnen.

Ihr suchender Blick schweift durch den Raum. Dann endlich sieht sie Peter, der als letzter den Raum betreten hat. Schnell stellt er sich hinter Tina und legt ihr seine Hand auf die Schulter. Durch den leichten Druck seiner Finger gibt er ihr zu verstehen, das Postfach zu öffnen.

Links und rechts von den beiden stehen Fred und Gerd. Ihre Blicke sind ebenfalls angespannt auf den Bildschirm gerichtet.

Tina atmet hörbar tief und öffnet den Ordner mit den neuen Mails. Es sind circa zwölf neue Mails darin enthalten. Langsam scrollt sie die Liste runter und überfliegt die Absender. Alles hauptsächlich Geschäftspartner von ihr. Über der drittletzten Mail bleibt sie mit der Maus stehen. Den Absender kennt Tina nicht. wiedersehen-1992@gmail.com.

„Wer ist das", fragt Gerd prompt.

Tina hat es fast die Sprache verschlagen.

„Ich weiß es nicht. Den Absender kenne ich nicht", antwortet sie mit belegter Stimme.

Alle vier starren auf den Bildschirm und niemand traut sich Tina zu sagen, dass sie die Mail bitte öffnen möchte.

Nach sekundenlangem Schweigen sagt Tina: „Okay. Dann werde ich mal nachsehen, von wem das ist."

Sie öffnet die Mail. Wie beim ersten Mal ist die Mail leer und enthält ein Bild in der Anlage. Tina atmet tief durch und öffnet das Bild. Alle acht Augen sind wie gebannt auf den Bildschirm gerichtet. Das Bild öffnet sich und alle sind fassungslos. Auf dem Foto ist die Tote an der Wasserkunst zu sehen.

„Das gibt es doch gar nicht", entfährt es Fred.

Peter umarmt Tina von hinten, um ihr Halt zu geben. Tina stehen vor Angst und Schreck die Tränen in den Augen. Die Anwesenheit von Fred und Gerd ist ihr in diesem Moment völlig egal. Sie lässt ihren Gefühlen freien Lauf.

Fred fragt Tina vorsichtig, „Kennen sie die Frau?"

Tina wischt sich die Tränen aus den Augen und entgegnet: „Dazu muss ich mir das Bild näher holen, sonst kann ich es nicht sehen."

Vorsichtig und voller Angst scrollt sie das Gesicht der Frau näher heran. Als sie das Gesicht erkennt, wird Tina von einem gewaltigen Heulkrampf durchgeschüttelt. Peter versucht sie zu beruhigen, während Fred und Gerd ihr die Zeit dazu lassen.

Tina schluchzt mühsam hervor: „Das ist Nadine Zimkus. Wir haben mehrere Jahre in einer Firma zusammen gearbeitet. Als ich dann in eine andere Firma gewechselt bin, haben wir uns aus den Augen verloren."

All das bekommt Tina nur unter Tränen heraus.

22

Nachdem er Nadine an der Wasserkunst abgelegt hat und das Bild an Tina geschickt hat, ist er nervös. Er versucht, sich zu beruhigen. Da alles nach Plan gelaufen ist, sollte er langsam entspannen. Es gelingt ihm nicht. Immer wieder tauchen ihre weit aufgerissenen Augen vor ihm auf.

In Gedanken schweift er ab in jene Zeit, als seine Mutter darauf bestanden hat, dass er sich in psychologische Behandlung begibt.

Seinen Vater hat er nie gekannt, er starb, als er selbst ein Kleinkind war. Um den Lebensunterhalt für sich und ihn aufzubringen, war seine Mutter nur mit Arbeiten beschäftigt. Der normale Job hat oft nicht ausgereicht, sodass sie zusätzlich in der Fischhalle am Hafen ein paar Stunden zum Fischeputzen geschuftet hat. Während dieser Zeit war er meistens alleine zu Hause und hat darauf gewartet, dass sie von der Arbeit nach Hause kommt. Er hat seine Mutter geliebt. Sie war sein ein und alles. Schon im Kindergarten war er Außenseiter. Niemand mochte ihn, er hatte keine Freunde. In der Schule war es dann nicht anders. Da bildeten sich schnell ein paar Cliquen, zu denen er keinen Zugang hatte. Im Gegenteil. Schnell wurde er als der Schwächste erkannt und wenn es darum ging, jemanden zu verprügeln, dann war er dran. Wie oft er damals mit blauen Flecken und Schürfwunden nach Hause gekommen ist, kann er nicht mehr zählen. Schon damals war klar, dass er anders als andere Kinder in seinem Alter gewesen ist.

Nachdem seine Mutter damals die psychotherapeutische Behandlung für ihn in die Wege geleitet hatte, ist er regelmäßig dort erschienen. Er tat es nur für seine Mutter. Er hat sie glauben lassen, dass es ihm besser geht und die Therapie wirkt. Aber die Wahrheit sah anders aus. Er wollte sich nicht ändern. Er wollte so bleiben, wie er war. Die Wunden, die ihm seelisch zugefügt worden sind, saßen zu tief. Er wollte nur Rache und Vergeltung. Diese Aggression konnte er nie abbauen. Das Radio hat er bewusst nicht eingeschaltet. Seine Augen sind gespannt auf den Bildschirm des Rechners gerichtet. Jedes Bild und jede Bewegung hat er im Blick.

Tina betritt im Bademantel den Flur. Sie geht hinunter und öffnet die Haustür. Genau das will er sehen. Die Beamten betreten das Haus. Sein Herz schlägt heftig und er atmet tief durch. Was gesprochen wird, kann er nicht hören. Trotzdem klebt sein Blick an ihren Lippen. Er muss nichts hören. Das Gesagte kann er erahnen.

Tiefe Zufriedenheit überkommt ihn. Sein Herzschlag beruhigt sich und er schaltet den Rechner aus.

Was er gesehen hat, reicht. Alles läuft nach Plan.

23

Fred und Gerd verabschieden sich von Tina Walter und ihrem Partner und verlassen das Haus. Sie sind sich einig darüber, dass es sich um den gleichen Täter handelt. Das Muster stimmt mit dem ersten Mord haargenau überein. Eine tote Frau, in ein Laken gehüllt, die farbliche Kennzeichnung auf dem Oberkörper, die eventuell vom Täter stammende Intimrasur und wieder die Mail an Tina Walter mit einem Foto der Toten. Für das Ermittlerteam besteht da kein Zweifel.

Im Büro von Kriminalkommissar Förster und seinem Team herrscht bedrückte Stimmung. Daran können die durch das Fenster scheinenden Sonnenstrahlen auch nichts ändern.

Zwei tote Frauen innerhalb kürzester Zeit. Beide mit höchster Wahrscheinlichkeit durch den gleichen Täter ermordet, und so gut wie keine Hinweise auf den oder die Täter.

„Die Presse wird uns in der Luft zerreißen. Hat sich der Bürgermeister noch gar nicht gemeldet?" Gudrun lässt diese Fragen so im Raum stehen. Fred sitzt hinter seinem Schreibtisch, zurückgelehnt in dem bequemen Bürosessel und schaut auf die Tafel mit den Fotos und Beweisstücken, die ihnen bisher zur Verfügung stehen.

Er schaut in die Runde und lässt die Frage von Gudrun ebenfalls so unbeantwortet im Raum stehen.

„Ich werde das Gefühl nicht los, dass wir ein wichtiges Detail übersehen haben oder es bis jetzt nicht als solches wahrgenommen haben. Es muss einen Grund geben, warum der oder die Täter eine Mail an Tina Walter schicken. Im Moment deutet nichts auf Frau Walter als Täterin hin und ehrlich gesagt, sehe ich da anhand dessen, was wir bisher haben, kein Motiv."

„Bei den strammen Waden von ihr kann schon mal jemand wegen Eifersucht zum Mörder werden", versucht Gerd die Situation zu retten.

„Du immer mit deinen sexistischen Gedanken", wirft ihm Sven entgegen, bevor Gudrun sich Luft machen kann. Ihre Blicke sind im Moment tödlich und Gerd hat nur Glück, dass Sven ihr zuvorgekommen ist.

„Leute, hört mit dem Scheiß auf", sagt Fred. „Wir haben ein Problem. Das sollte uns allen bewusst sein. Da wurden Frauen ermordet und ich mache mir ernsthaft Sorgen, dass es nicht zu Ende ist."

Alle schauen zu Fred. Oft kommen nicht so ernste Worte aus ihm heraus. Aber diese Situation ist eben doch eine Besondere.

Sven sieht ihn fragend an: „Wie meinst Du das, das es nicht zu Ende ist? Befürchtest du weitere Morde? Und wenn, wie kommst Du darauf?"

Bevor Fred antworten kann, mischt sich Gudrun ein.

„Ich glaube ich weiß, was Fred meint."

Kein Wunder denkt Gerd, die schlafen ja auch miteinander. Als wenn Gudrun erahnt, was Gerd denkt, wirft sie ihm einen alles vernichtenden Blick zu und erntet von ihm nur ein blödes Grinsen.

Nichtsdestotrotz fährt sie mit ihren Ausführungen fort.

„Es wurden zwei Frauen ermordet. Das Muster stimmt bei beiden überein. Auch Tina Walter ist, wie auch immer, in diese Morde verwickelt. Sicherlich nicht als Täterin, aber so wie es sich im Moment darstellt, wahrscheinlich als Opfer. Wenn das so ist, dann ist sie zwangsweise in Gefahr. Warum sollte sie sonst die Fotos bekommen."

„Es sei denn, sie schickt sie sich selber", wirft Sven dazwischen.

„Richtig, dann ist sie, aber auch eine gute Schauspielerin und weshalb dann dieses Versteckspiel. Dann müsste sie sich keine Fotos selber schicken."

„Nur wenn sie den Verdacht auf jemand anderen lenken will", gibt Fred zu bedenken.

„Das ist alles richtig", führt Gudrun weiter aus. „Aber, seht euch doch mal die Figuren der Frauen an und die von Frau Walter. Diese zarte Person kann in meinen Augen unmöglich die beiden Frauen irgendwohin geschleppt haben. Das passt für mich nicht zusammen."

„Denkst du so, weil du eine Frau bist", fragt Gerd prompt.

„Jetzt reicht es", mischt sich Fred mit düsterer Mine ein.

„Wir sollten schon sachlich bleiben, alles andere bringt uns nicht weiter. Über kurz oder lang, steht, wie Gudrun vorhin gesagt hat, die Presse und die Stadtverwaltung in der Tür und wollen von uns Antworten haben und nicht so ein Geschlechtergewäsch."

Er hoffte, damit dieser Diskussion ein Ende bereitet zu haben.

24

Tina sitzt im Wohnzimmer auf der Couch, den Bademantel eng an sich geschlungen und die Packung Tempos in der rechten Hand. Ihr Körper wird durch das Schluchzen in regelmäßigen Abständen durchgeschüttelt und sie scheint sich nicht mehr beruhigen zu können. Peter setzt sich neben sie, umfasst ihren Oberkörper fest und drückt Tina an sich. In diesem Moment erscheint es Peter, als würde Tina einen Nervenzusammenbruch bekommen. Die Heulkrämpfe werden heftiger und sie hört ihm nicht mehr zu.

Wie lange beide so gesessen haben, wissen sie nicht mehr. Peters T-Shirt ist von Tinas Tränen durchnässt und sie kann ihn nur durch kleine, dicke, rote Augen sehen. Ihr Atem beruhigt sich allmählich. Ab und zu kommt ein heftiges Atmen, aber die Tränen bleiben aus.

Peter greift Tina an den Schultern und dreht sie zu sich. Ernst sehen sie sich in die Augen.

„Ich kann nicht mehr", schluchzt sie. „Was passiert da gerade? Ich verstehe das alles nicht."

Peter nimmt Tina vorsichtig in den Arm und hält sie fest.

„Das glaube ich dir. Ich verstehe es auch nicht. Aber gemeinsam stehen wir das durch".

25

Grund zum Jubeln hat er nicht, immerhin hat er zwei Frauen ermordet. Aber er kommt seinem lang ersehnten Ziel immer näher.

Mit einer Genugtuung, die für ihn unbeschreibbar ist, sitzt er vor seinem Laptop und genießt die Bilder, die er aus dem Haus von Tina zu sehen bekommt. Sie weint. Sie weint heftig.

Dir wird es bald noch viel schlechter gehen, glaube mir, denkt er und das Grinsen in seinem Gesicht wird breiter. Sein Hass, seine Anormalität und seine Bereitschaft zur Gewalt haben ihren Höhepunkt schon fast erreicht.

Er schaltet den Rechner aus und lehnt sich entspannt zurück. Ich muss vorsichtig sein. Mein Hass lässt mich schnell unvorsichtig werden. Das geht nicht. Dann kann ich nicht mehr klar denken und mache Fehler. Wenn das passiert, dann war alles umsonst. Dann schmeiße ich mein ganzes Leben weg. Das darf ich nicht riskieren.

26

Nach einer kurzen Kaffeepause und ein bisschen frischer Luft treffen sich alle wieder bei Fred im Büro.

„Wir haben das Umfeld der toten Frauen beleuchtet und bei beiden nichts Auffälliges feststellen können.“

„Das ist nicht gut", entgegnet Gerd.

„Wir sollten nochmals bei Frau Walter suchen", fährt Fred fort. „Da ist die Geschichte mit dem Jan aus der Berufsschule noch offen. Was hast du da erreicht, Sven?"

„Nicht viel. Die Berufsschule ist, wie gesagt abgerissen worden, und in der Schulverwaltung existieren keine Unterlagen mehr. Alles schon zu lange her. Ich habe das Einwohnermeldeamt kontaktiert, da konnten wir den Zeitraum ja etwas eingrenzen. Da habe ich aber bis jetzt keine Rückmeldung erhalten. Die Suche wird etwas schwierig werden, da wir nur den Vornamen wissen. Mal sehen, was die sagen."

„Okay. Danke dir. Was mir ziemliches Kopfzerbrechen bereitet, sind die komischen Zeichen auf den Körpern der Toten. Hast du mal die Bilder da, Gudrun?"

Die Bilder sind von der IT-Abteilung zwischenzeitlich vergrößert worden und Gudrun heftet sie an die rechte leere Tafel. Alle schauen gebannt auf die Zeichen. Gerd scheint gelangweilt und meint: „Also wenn ihr mich fragt, ist der Typ total durchgeknallt und pinselt da nur irgendetwas rauf."

Fred atmet tief durch und sagt nichts. Er arbeitet schon viele Jahre mit seinem Team zusammen und kann sich im Großen und Ganzen nicht beschweren. Auf jeden ist Verlass und sie haben gemeinsam schon viele schwierige Fälle lösen können. Die

Marotten von Gerd kennt er mittlerweile. Trotzdem schätzt er ihn und seine Ermittlungsarbeit. Deshalb verkneift er sich jetzt jede Bemerkung und toleriert seine zurzeit offensichtliche Hormonschwankung, obwohl er schon aus dem Alter raus sein sollte.

Sven schüttelt mit dem Kopf.

„Seht euch das doch mal an. Kann sein, dass meine Fantasie mit mir durch geht. Aber mit vielen schlechten Gedanken könnte das erste Zeichen ein T darstellen und wenn wir uns unsere Ermittlungsakten ansehen und wissen, das Frau Walter TINA heißt, könnte das zweite Zeichen ein I sein."

Etwas ungläubig und entsetzt schauen alle auf die Tafel.

Noch bevor jemand etwas zu der Theorie von Sven sagen kann, klingelt das Telefon.

Gudrun nimmt ab und reicht es an Sven weiter mit den Worten: „Das Einwohnermeldeamt, wegen deiner Anfrage."

Sven nimmt den Hörer und man sieht ihm förmlich die Anspannung an.

„Ja danke, dann weiß ich Bescheid. Genau schicken sie mir die Liste bitte per Mail", hören sie Sven sagen.

„Na so eine Scheiße", sagt Sven, nachdem er aufgelegt hat.

„Aus dem fraglichen Zeitraum ist in Wismar und Umgebung derzeit kein Einziger – Jan - mehr gemeldet. Bundesweit stellt sich die Suche offensichtlich schwierig dar. Aus der damaligen DDR sind die Unterlagen lückenhaft. Sie schicken mir eine Liste, auf der 3.754 Personen stehen. Das ist völliger Blödsinn. So viele Leute mit dem Namen Jan kann es damals hier gar nicht gegeben haben. Hoch leben unsere Ämter und die Statistik."

Der Frust war Sven zurecht anzumerken. Fred ist alles andere als begeistert.

„Da gebe ich dir Recht, die Zahl ist völliger Unsinn. Trotzdem müssen wir alle überprüfen und diesen Jan finden. Unter Umständen ist er der Einzige, der Licht in dieses Dunkel bringen kann. Ich werde im Referat Statistik um Unterstützung bitten. Die haben derzeit nicht so viel auf dem Tisch und können uns ja helfen. Schließlich ist es eine Ausnahmesituation, in der wir uns zurzeit befinden."

„Um auf die Vermutung von Sven zurückzukommen, könnte es sich bei den Zeichen auf den Körpern der Toten tatsächlich um Buchstaben handeln", nimmt Gudrun das Gespräch wieder auf, welches durch das Telefonat unterbrochen wurde. Alle schauen wieder an die Tafel und vergessen erst mal die Suche nach Jan.

„Ja", sagt Fred. „Das wäre die denkbar ungünstigste Variante, die wir uns vorstellen können. Wenn das stimmt, dann hängt Frau Walter mehr als nur mit drin und wir können davon ausgehen, das der oder die Täter noch nicht mit Morden fertig sind."

Sogar Gerd sieht jetzt auch den möglichen Zusammenhang und ist entsetzt.

„Das würde oder könnte ja bedeuten, dass noch mindestens zwei Opfer folgen", spricht er völlig entsetzt das aus, was alle anderen denken.

27

Peter hat sich für den Rest der Woche in der Firma freigenommen, um bei Tina zu bleiben. Nachdem sie sich etwas beruhigt hat, haben sich beide hingelegt und versucht, noch etwas zu schlafen. Tina war so fertig, dass sie sofort eingeschlafen ist. Peter bekommt kein Auge zu. Er liegt wach und kann seinen Blick nicht von ihr wenden.

Wer tut dir nur so etwas an? Er liebt sie wirklich sehr und möchte gerne alles Unheil von ihr abwenden. Aber wie soll ihm das gelingen, wenn er nicht weiß was hier gerade passiert?

All diese Gedanken lassen ihn nicht zur Ruhe kommen.

Nach gut zwei Stunden fängt Tina, mit blinzeln an, und sieht Peter in die Augen.

„Danke, dass du bei mir bist. Ich wüsste nicht, wie ich das hier sonst alles durchstehen sollte."

Er nimmt sie fest in den Arm, schaut ihr in die Augen und sagt: „Tina. Du musst auf andere Gedanken kommen. Ich werde uns jetzt einen super Kaiserschmarrn a la Peter machen, dazu einen Cappuccino und all das werden wir genüsslich in der Badewanne bei ganz viel Schaum genießen. Und

Einwände deinerseits sind von vornherein gestrichen."

Tina war baff und wusste nicht, was sie sagen sollte. So kannte sie Peter noch gar nicht. Für einen Moment vergaß sie alles um sich herum und ließ ihn gewähren.

Während Peter in der Küche mit dem Kaiserschmarrn und dem Cappuccino beschäftigt ist, zieht Tina sich aus und schlüpft in ihren Bademantel. Als sie in die Küche kommt, empfängt sie der verführerische Duft des Gebäcks und des Cappuccino. Peter hat alles hübsch auf einem Tablett angerichtet und mit Kerzen umrahmt. Tina ist entzückt. Sie weiß wirklich nicht, wann sie das letzte Mal in ihrem Leben so toll überrascht wurde.

Wenig später sitzen sich beide bei Kerzenschein in der Badewanne gegenüber. In der Mitte prangt auf dem Badewannenaufsatz der Berg Kaiserschmarrn, die Cappuccino Tassen und die Kerzen. Darunter türmen sich Berge von wohlig duftendem Schaum des Badezusatzes. Der Kerzenschein taucht alles im Raum in eine anheimelnde Atmosphäre. Über die flackernden Lichter hinweg sehen sich beide an.

Tina holt Luft und möchte etwas sagen, da fällt Peter ihr schon ins Wort.

„Du musst jetzt nicht darüber reden. Ich weiß, das dir beide Frauen nahe gestanden haben. Aber egal, was jetzt ist, du kannst sie nicht mehr zum Leben erwecken. Ich möchte dich damit nicht verletzen. Aber du kannst an dem, was geschehen ist, nichts mehr ändern. Deine Gefühle kann ich gut verstehen und respektiere das auch. Aber du darfst daran jetzt nicht kaputtgehen. Das Leben ist nicht immer so gerecht, wie wir es uns wünschen. Sicherlich ist diese Situation auch nicht alltäglich. Trotzdem musst du an dich denken und damit weiterleben."

Während Peter spricht, sieht sie ihm in die Augen und rutscht etwas tiefer in den sie umgebenden Schaum des Wassers. Durch das, was er sagt, ist Tina so gerührt, das ihr Tränen der Freude und Trauer über die Wangen in das Badewasser tropfen.

Als Peter fertig ist, schluckt sie und rutscht, so gut es in der engen Badewanne geht, zu ihm herüber. Sie kuschelt sich an seinen Arm und beide schauen, Seite an Seite, in die flackernden Kerzen.

Plötzlich schüttelt sich Peter.

„Wenn ich jetzt kein heißes Wasser nachlaufen lasse, dann sind wir in zehn Minuten erfroren."

28

Sven unterbricht als erster das gefühlt stundenlange Schweigen.

„Wenn unsere Theorie stimmt, haben wir ein großes Problem. Er oder wer auch immer, kann jederzeit wieder zuschlagen. Wir wissen nicht wie und wann und wo. Wir sitzen hier und sind gezwungen abzuwarten, bis uns die nächste Leiche präsentiert wird."

Wütend schaut er in die Runde.

„Was wissen wir über den Partner von Tina Walter, den Peter Bessen. Und warum dauert das so lange mit der Auswertung der Namen, was diesen Jan betrifft."

Seinen Worten war die Verzweiflung förmlich anzuhören. Bevor noch jemand etwas zu Sven sagen kann, klopft es an der Tür und ohne Aufforderung steht der Pressesprecher der Hansestadt Wismar, Ingmar Brugsen, in der Tür.

Gerd dreht sich schnell weg und tut sehr beschäftigt.

In der gesamten Verwaltung ist bekannt, was Gerd von unseren Beamten der Stadtverwaltung und der Obrigkeit hält. Deshalb kann Ingmar darüber auch nur lächeln.

„Ich hoffe, ich störe nicht. Ihr könnt euch sicherlich denken, warum ich hier bin. Der Bürgermeister findet es nicht so toll, dass die Presse ihm auf die Nerven geht und er nicht weiß, was los ist. Wie ist der Stand der Ermittlungen und wann ist mit der Festnahme des Täters zu rechnen?"

Genau das ist es, was wir auch gerne wüssten, denkt Fred, muss sich aber zusammenreißen und freundlich zu Ingmar sein.

„Tja. Momentan sieht es mit den Ermittlungen nicht so gut aus. Von einer Festnahme sind wir weit entfernt."

Fred legt Ingmar alle Fakten dar, die derzeit vorhanden sind. Von ihrer Befürchtung, dass noch weitere Morde folgen könnten, erwähnt er sicherheitshalber nichts. Noch besteht die Hoffnung, dass sich alle irren und es nicht dazu kommt.

„Das klingt nicht gut", sagt Ingmar nach den Ausführungen von Fred. „Ihr wisst, dass unser Bürgermeister etwas anderes Hören möchte. Was soll er der Presse sagen. Sie werden Fragen stellen und wollen präzise Antworten haben. Aber da sage ich euch ja nichts Neues. Das wisst ihr ja schon länger."

Mit diesen Worten schloss er sein Statement und ging Richtung Tür. Hinter seinem Rücken formen Gudrun und Sven die Hand zum Arschloch und Fred zeigt beiden die böse Faust.

Gerd hält sich lieber raus, er ist in der Vergangenheit schon mehrfach wegen Beamtenbeleidigung ins Kreuzfeuer geraten.

Kurz vor der Tür dreht sich Ingmar noch einmal um und lächelt in den Raum.

„Wir wissen, ihr steht enorm unter Druck und macht euren Job, so gut es geht. Aber die Öffentlichkeit hat ein Recht auf Sicherheit und dazu brauchen wir einen Täter. Wenn ihr professionelle Hilfe braucht, sagt Bescheid. Wir können jederzeit Hilfe aus Schwerin vom LKA anfordern."

Dann war die Tür hinter ihm zu.

Für Fred als Chef ist die Situation schon schwer genug. Deshalb sind jetzt lieber alle still und sagen nichts. Jede Diskussion über diesen Dünnschiss würde die angeschlagenen Gemüter nur noch mehr in Rage bringen. Das nützt niemandem. Dafür sind alle intelligent genug, um jetzt einfach den Mund zu halten.

„Wir machen für heute Schluss", sagt Fred und steht kopfschüttelnd von seinem Platz auf.

„Jeder von Euch kann nochmal in sich gehen, ob wir was übersehen haben. Morgen früh treffen wir uns hier zur gewohnten Zeit und machen ausgeruht weiter."

Damit hat Fred alle zum Nachdenken animiert und in den frühen Feierabend geschickt und hofft so, die Situation bis zum nächsten Morgen zu entspannen.

29

Peter und Tina sitzen Arm in Arm im Wohnzimmer auf der Couch und starren den Kaminofen an, der ihnen zur kalten Jahreszeit Wärme spendet.

„Das Bad mit dir hat mit sehr gutgetan."
Tina strahlt Peter erleichtert und dankbar an.

„Das war auch der Sinn des Ganzen", lächelt er zurück.

„Weißt Du Peter. Ich habe in den letzten Stunden viel über all das nachgedacht, was passiert ist. Du weißt, dass ich nicht zu den Menschen gehöre, die sich in irgendwelche Situationen zwängen lassen und denen man ihre Meinung aufdrückt. Was da gerade passiert, warum ich diese Mails bekomme. Das kann ich so nicht hinnehmen. Ich muss etwas unternehmen."

Peter wollte gerade etwas sagen, da schneidet sie ihm das Wort ab.

„Nein. Sag jetzt nichts. Ich möchte, dass du mir zuhörst. Alles, was ich weiß, habe ich der Polizei schon gesagt. Aber ich könnte doch versuchen, über ein paar Ehemalige aus der Berufsschule noch einiges zu erfahren. Vielleicht kann ich dadurch auch Jan auftreiben."

Peter macht ein besorgtes Gesicht. Tina versteht das falsch.

„Machst Du dir Sorgen wegen Jan oder überhaupt?", fragt Tina.

„Na wegen Jan bestimmt nicht, das ist hoffentlich zu lange her. Ich mache mir Sorgen, dass Du dich vielleicht zu viel damit beschäftigst. Lass doch bitte die Polizei ihre Arbeit machen und halte dich da raus."

„Das kann ich nicht. Wahrscheinlich kennst Du mich dafür noch nicht lange genug. Ich gehöre nicht zu den Menschen, die ihre Hände in den Schoss legen und abwarten. Schließlich werde ich hier auch persönlich angegriffen. In welcher Form auch immer. Aber da draußen ist jemand, der mir Böses will. Ich weiß nicht warum. Aber ich kann nicht damit leben hier untätig zu sitzen."

Peter schaut Tina ziemlich hilflos an.

„Ja", sagt er. „Wahrscheinlich hast du Recht. Diese Art an dir kenne ich so noch nicht. Daran muss ich mich wohl erst gewöhnen."

Nachdenklich schaut er Tina an und macht sich Sorgen.

30

Der frühe Feierabend vom Vortag hat allen nicht wirklich etwas gebracht. Das kurze Statement von Brugsen klingt ihnen noch in den Ohren und entsprechend zerknirscht sitzen sie nun bei Fred an dem langen Besprechungstisch.

„Dieses blöde Arschloch", sagt Sven. „Die bringen es tatsächlich fertig und hetzen uns das LKA aus Schwerin auf den Hals. Als wenn wir nicht schon genug Probleme haben."

„Brugsen kann uns nicht an der Arbeit hindern", sagt Fred.

„Er droht mit dem Bürgermeister und der Presse, was auch sein Job ist. Dafür wird er bezahlt. Wir werden jetzt ganz normal weiter arbeiten und versuchen, seine Argumente zu entkräften, indem wir den Fall aufklären."

„Na du bist lustig", entgegnet ihm Gerd. „Dem Arschloch etwas recht zu machen wird uns wohl schwerfallen."

„Jetzt ist genug, Gerd. Lass uns mit der Arbeit anfangen." Fred war nun doch reichlich genervt.

„Also. Fassen wir nochmal zusammen. Wir haben zwei ermordete Frauen. Das Muster deutet auf ein und denselben Täter hin. Im Mittelpunkt der Opfer scheint Frau Walter zu stehen. Sie hat zu jeder der Frauen eine Beziehung. Frau Walter selbst scheidet für uns als Täter aus. Richtig?"

Alle in seiner Runde nicken zustimmend. Fred fährt weiter fort.

„Die Farbzeichen auf den Körpern der toten Frauen deuten wir im Moment als Buchstaben, die wir für ein T und ein I halten, was auf den Namen TINA hindeuten könnte. Da beide Frauen vor vielen Jahren im Leben von Frau Walter eine Bedeutung gespielt haben, sollten wir davon ausgehen, dass das Motiv auch in früheren Jahren zu suchen ist."

„Womit wir wieder bei dem Jan aus der Berufsschule sind", wirft Sven ein.

„Richtig. Allem Anschein nach müssen wir den Täter aus dem Umfeld von Frau Walter aus der Zeit während oder nach der Berufsschule suchen."

„Na, das kann nicht so ganz stimmen", meldet sich Gudrun zu Wort. „Immerhin kannte sie Frau Zimkus nicht aus der Berufsschulzeit, sondern von der späteren Arbeit in einer Firma. Das dürfen wir nicht außer Acht lassen."

„Ja. Da hast du recht. Das habe ich übersehen. Da sind wir nun wieder an dem Punkt angelangt, wo wir nicht wissen, was den Täter mit ihr verbindet und warum er diese Frauen ermordet hat."

Gerd zuckt mit den Schultern.

„Eifersucht."

Alle schauen ihn entsetzt an. Gerade dieser Macho spricht von Eifersucht?

„Seht mich nicht alle so blöd an. Was haben wir denn. Frau Walter, die in der Berufsschule mit Grit Fichtler befreundet war, und beide haben den gleichen Typ gevögelt. Dann Nadine Zimkus als ehemalige Arbeitskollegin von Frau Walter, die auch umgebracht wird. Dann diese komischen Sprühzeichen, die wir als Buchstaben deuten. Und immer wieder Frau Walter. Also liegt doch die Schlussfolgerung nahe, dass ihr jemand an die Wäsche will, weil er sie hasst. Da bringt jemand die Menschen aus ihrem Umkreis um, um sie zu treffen. Warum macht jemand so etwas. Das haben wir alle in der Polizeischule gelernt. Wer tötet, will Macht ausüben. Diese Macht hat, er oder sie oder wer auch immer, im Moment über Frau Walter. Ihre Mail ist bekannt und wird benutzt. Es ist, als wenn da jemand ist, der alles sehr genau im Detail vorgeplant hat. Deswegen dann wahrscheinlich auch die Zeichen. T und I.“

Gerd schaut ernst in die Runde.

„Tolle Schlussfolgerung“, gibt Sven ihm recht.

„Aber was machen wir jetzt. Sollen wir nun warten bis wir die dritte Leiche mit einem N finden?“

Fred stöhnt: „Hört bloß mit diesem Scheiß auf.“

„Ich weiß nicht“, sagt Gudrun. „Färbt die Verfilmung von Nosferatu auf unseren Täter ab?“

„Nosferatu?“ Gerd zieht die Augenbrauen hoch und schaut etwas verwundert.

„Sieh an, unser kleiner Macho kennt Nosferatu nicht“, grinst Sven.

90

Gerd zeigt ihm den Stinkefinger.

Gudrun lächelt: „Nosferatu gilt als der Stummfilmklassiker und wurde 1921 in Wismar, Lübeck, Rostock und auf Sylt gedreht. Es ist einer der ersten Horrorfilme. Wenn Du mal wieder am Wassertor am Hafen bist dann schau mal nicht nur nach den jungen Mädels, sondern auch mal nach unten. Da ist eine große Platte eingelassen zu ehren von Nosferatu."

Gerd ärgert sich über die neunmalkluge Art von Gudrun, aber sagt aufgrund der angespannten Stimmung lieber nichts.

„Okay", Fred hebt beschwichtigend die Hände. „Wenn unsere Vermutung richtig ist und wir den Täter aus der Zeit während der Berufsschule von Frau Walter suchen, dann müssten wir alle Klassenstufen aus dieser Zeit recherchieren und dass macht meiner Meinung nach auch nicht viel Sinn. Wo wollen wir da anfangen und aufhören? Das wird nichts bringen."

„Außerdem würde dann Nadine Zimkus nicht ins Bild passen. Sie steht in keiner Beziehung zur damaligen Berufsschule", wirft Sven ein.

„Genau. Wir dürfen uns da nicht in die Irre führen lassen. Als möglichen Verdächtigen haben wir derzeit nur diesen Jan, den wir nicht finden können. Hat sich das Einwohnermeldeamt nochmal dazu geäußert?" Die Frage von Fred ist an Sven gerichtet.

„Die Liste mit den 3.754 Personen aus dem fraglichen Zeitraum habe ich an die Leute von der Statistik geschickt, mit der Bitte, uns da zu unterstützen. Die Arbeiten fieberhaft daran und konnten schon mehr als die Hälfte der Personen streichen, was ja auch nicht verwunderlich ist. Es ist eine Schweinearbeit, die alle zu überprüfen. Ich kann nur hoffen, dass wir damit Erfolg haben."

31

Er schließt die Wohnungstür hinter sich zu und geht durch das Treppenhaus hinaus auf die Krämerstraße. Das nun schon seit Tagen anhaltende schöne Sommerwetter zieht viele Touristen und Einheimische in die Stadt.

Er bahnt sich seinen Weg durch die über die Krämerstraße schlendernden Menschen in Richtung Marktplatz. Dort setzt er sich an den Rand der Wasserkunst. Unweit der Stelle, wo er noch vor ein paar Tagen die Leiche von Nadine abgelegt hat. Nichts erinnert jetzt mehr daran. Die Absperrung ist schon lange verschwunden und die Menschen gehen dort vorbei, als wäre nie etwas geschehen.

Von seinem Platz aus kann er das Markttreiben beobachten, was ihn unwillkürlich an seine Kindheit erinnert.

Schon als Kind ist er gerne über den Marktplatz geschlendert, wenn die Händler dort ihre Waren anboten. Nur hat sich nach der Wende das Sortiment erheblich geändert. Während zu DDR Zeiten hauptsächlich Kleingärtner ihr geerntetes Obst, Gemüse und die wunderschönen Blumen aus ihren heimischen Gärten anboten, sind heute fast ausschließlich ausländische Händler mit Lederwaren, Taschen und allem möglichen Schnickschnack vertreten. Sie zerstören das Marktbild und gehören nicht hierher.

Viele Monate hat er damit verbracht, das Leben und die Gewohnheiten von Irina zu ergründen. Wenn seine Recherchen stimmen, müsste sie jeden Moment auf dem Marktplatz erscheinen. Der Blick auf die Uhr sagt ihm, dass es kurz vor zehn Uhr ist. Die Uhr hätte er eigentlich nicht gebraucht, da er in Blickrichtung auf den Marienkirchturm sitzt, sodass er die große Kirchturmuhr sehen kann. Geblendet von der Sonne kneift der die Augen etwas zu und hält sich die Hand über die Augen, damit er die Menschen auf dem Marktplatz richtig sehen kann.

Freude durchzuckt ihn. Er sieht Irina an den Obstständen stehen. Ihre schulterlangen, rötlich gewellten Haare leuchten im Sonnenlicht. In der linken Hand hält sie den noch leeren Einkaufskorb. Ihre Blicke streifen über das frische Obst und Gemüse. Was sie kauft, weiß er nicht. Er ist viel zu sehr damit beschäftigt, jede ihrer Bewegungen zu beobachten, und muss den Zwang unterdrücken, sie anzusprechen und sofort in seine Wohnung zu locken. Deine Zeit ist noch nicht gekommen, denkt er. Ein paar Tage gebe ich dir noch. Ich muss mich an meinen Plan halten, ermahnt er sich.

Irina schlendert wie gewohnt an den Marktständen entlang, kauft hier und dort eine Kleinigkeit und verlässt mit gemütlichem Gang den Marktplatz in Richtung Reuterhaus. Langsam steht er auf, blickt noch einmal auf das bunte Treiben des Marktplatzes und folgt Irina in angemessenem Abstand. Mit langsamen Schritten geht sie die Großschmiedestraße entlang. Auf Höhe der Diebstraße bleibt sie kurz stehen und schaut sich um. Kopfschüttelnd geht sie weiter.

Ihm bleibt vor Schreck fast die Luft weg. Ob sie weiß, dass ich sie verfolge, fragt er sich. Nein. Das kann nicht sein. Ich bin doch immer sehr vorsichtig gewesen. Außerdem kennt sie mich ja nicht. Er vergrößert den Abstand zwischen sich und Irina. Nun hat sie das Ende der Großschmiedestraße erreicht und geht die Treppe hinunter, die zur Rostocker Straße führt. Sie muss einen Augenblick warten, bevor sie die Straße überqueren kann. Er folgt ihr weiter durch den Lindengarten, vorbei an dem kleinen Mühlenbach bis kurz vor die Bahnschienen. Hier biegt sie ab in den Bleicherweg und verschwindet in der Haustür. Er bleibt in gebührendem Abstand stehen und beobachtet, in sich versunken, die Haustür. Noch ist er sich nicht sicher, ob er sie in seine Wohnung lockt oder sich zu ihrer Wohnung zutritt verschafft. Lange hält er es nicht mehr aus. Sein Drang, sie zu töten, wird immer stärker. Er will Tina endlich ein Stück näher kommen. Diesmal bekommt sie mehr als nur das Foto von Irina.

Das Geräusch des herannahenden Zuges reißt ihn aus seinen mörderischen Gedanken. Ich muss die Nerven behalten, ermahnt er sich abermals. Seine Nervosität bereitet ihm Unbehagen.

32

Tina kommt mit einem verstaubten Schuhkarton ins Zimmer und stellt ihn auf den Tisch.

„Was ist das?" Fragt Peter.

„Alte Fotos aus meiner Kindheit und Jugend. Vielleicht finde ich noch etwas aus der Berufsschulzeit. Hast du nicht auch noch was aus dieser Zeit?"

„Ganz bestimmt nicht. Ich hebe sowas nicht auf. Frauen sind da wohl etwas anders", sagt Peter ganz süffisant.

Tina wirft ihm einen bösen Blick zu. Dann müssen beide lachen.

Fein säuberlich entfernt sie den Staub vom Karton und legt den Deckel beiseite. Der Karton ist randvoll mit Fotos, Zeitungsausschnitten, alten Briefen und Listen.

„Puh. Das wird nicht einfach werden mit dem Suchen."

Peter schaut kurz hoch und schüttelt den Kopf.

„Na zumindest kannst du in Erinnerungen schwelgen und ganz nebenbei den ganzen Kram sortieren oder entsorgen."

„Entsorgen", entrüstet sich Tina. „Das glaubst du doch wohl selber nicht."

„Ne", lacht Peter. „Das glaube ich wirklich nicht."

Mit Eifer stürzt sich Tina auf die Fotos. Schon nach kurzer Zeit, ist der gesamte Tisch voll mit den Fotografien. Was für Tina System hat, sieht für Peter wie Chaos aus.

„Sieh nur." Sie hält ihm ein Foto unter die Nase. „Das ist das Abschlussfoto aus der zehnten Klasse. Wie jung wir da alle noch sind."
Peter sieht Tina verblüfft an.

„Was für eine tolle Feststellung, da wäre ich jetzt gar nicht drauf gekommen."
Tina hebt langsam den Kopf und sieht Peter in die Augen.

„Warum nur werde ich das Gefühl nicht los, das du dich über mich lustig machst?"

„Weil es so ist", entgegnet Peter prompt.
Für ein paar Sekunden ist Tina sprachlos.

„Was ist schlimm daran, sich alte Bilder anzusehen?"

„Nichts. Es ist nur nicht mein Ding. Vor allem mit so wichtigen Feststellungen, dass man vor vierzig Jahren doch tatsächlich noch jünger aussah als heute. Da kann man dann schonmal das Grübeln kriegen. Aber keine Sorge. Wenn ich mir das Foto so ansehe, hast du dich fast gar nicht verändert."

Tina wirft das Foto nach ihm und muss lachen.

„Du bist doof", sagt sie.

„Ich weiß."

Die Stapel mit den Fotos auf dem Tisch werden immer höher. Gefunden hat Tina bis jetzt noch nichts Brauchbares. So langsam hat sie keine Lust mehr.

„Du, sag mal, du kannst dich doch sicherlich auch noch an Jan aus der Elektrikerklasse erinnern?", fragt sie Peter.

„Flüchtig. Wie an alle anderen auch. Ich könnte ihn nicht mal mehr beschreiben. Ich weiß auch nicht mehr, wer in der Schule neben mir gesessen hat."

Tina atmet tief aus und schaut über den Tisch.

„Das bringt alles nichts. So komme ich nicht weiter."

Sie schaut Peter an, der gerade antworten wollte, und kommt ihm lieber zuvor.

„Sag jetzt bitte nichts. Auf dein Kommentar kann ich gerade verzichten."

„Schade", grinst Peter. Tina wirft ihm einen bösen Blick zu und Peter amüsiert sich noch mehr darüber.

„Hast du wirklich ernsthaft geglaubt da etwas zu finden? Vor allem – was – möchtest du finden? Du weißt doch noch nicht mal, wonach du suchst."

Traurig schaut Tina auf den Haufen mit den Bildern.

„Ja. Du hast Recht. Wahrscheinlich war es nur Ablenkung von der ganzen Sache und das Gefühl irgendetwas getan zu haben."

Resolut packt Tina alles wieder in den Karton und legt behutsam den Deckel darauf. Ihr trauriger Blick entgeht Peter nicht. Er rutscht mit seinem Stuhl neben sie und legt ihr seinen Arm um die Schultern.

„Ich kann dich gut verstehen. Du bist verzweifelt und todtraurig. Aber du kannst an dieser Situation im Moment nichts ändern. Der Polizei hast du alles gesagt, was du weißt, und nun müssen die ihre Arbeit machen. Ich werde dich unterstützen, so gut ich kann, und bleibe bei dir, solange wie du möchtest."

Peter sieht Tina von der Seite an. Tränen laufen ihr die Wangen herunter. Vorsichtig wischt er sie mit seinem Handrücken weg.

33

Die Bahn rauscht an ihm vorbei und der Windzug kühlt sein Gesicht. In Gedanken versunken geht er wieder Richtung Marktplatz. Dort schlendert er an den Ständen vorbei, genau wie es vorher Irina gemacht hat. Seine innere Unruhe kann er nicht ablegen.

Bei dem Duft der frisch gegrillten Bratwurst von dem Thüringer Stand bemerkt er, wie hungrig er ist. Er reiht sich in die Wartenden ein und kauft sich eine Bratwurst. Zum Essen setzt er sich auf die Kanone vor dem Stadthaus.

Kauend sitzt er da und beobachtet die Menschen, die an ihm vorüber ziehen. Niemand nimmt von ihm

Notiz. Sein Inneres fühlt sich leer an. Seit Jahrzehnten kann er keine Freude empfinden. Er hat niemanden mehr. Seine Eltern sind früh gestorben und Freunde oder Bekannte hat er nie gehabt. An einer Beziehung war er nie interessiert, seit Tina ihm während der Berufsschulzeit seine Träume zerstört hat.

Kurz nachdem seine Mutter gestorben ist, war er noch bei dem Psychotherapeuten in Behandlung. Nach zwei weiteren erfolglosen Sitzungen hat er die Behandlung abgebrochen und sich noch weiter aus dem sozialen Umfeld zurückgezogen. Seither hat er keinerlei Kontakte. Seine ganze Kraft hat er darin investiert, sich an Tina zu rächen. Über Jahre hat er sie beobachtet, ihr Umfeld und ihre Vergangenheit recherchiert. Ihre Freundschaft zu Grit Fichtler hat für alles den Grundstein gelegt. Damit fing für ihn alles an.

Wenn der Psychotherapeut wüsste, wie hochkonzentriert er Tinas Leben und Umfeld in Erfahrung gebracht hat, würde er sicherlich nicht mehr davon sprechen, dass er unter einer Störung der Affektivität leidet und sich in einer tiefen depressiven Phase befindet. Bei dem Gedanken daran muss er sogar lächeln. Noch nie in seinem Leben hat er mit so viel Konzentration und Energie an etwas gearbeitet. Jetzt kommt die Zeit, wo sich seine Arbeit auszahlen wird.

Den letzten Happen des Brötchens hat er verschlungen und geht nun, etwas gesättigt, in

Richtung Krämerstraße zu seiner Wohnung. Die schwere Haustür fällt hinter ihm zu und seine Augen müssen sich erst an den dunklen Flur gewöhnen. Rasch steigt er die Treppe hoch und öffnet seine Wohnungstür. Beim Betreten der Wohnung überkommt ihn wieder dieses Gefühl der Leere und Einsamkeit, was sich sofort in Wut und Hass niederschlägt.

Übel gelaunt fährt er den Rechner hoch und wartet auf die Aufnahmen aus Tinas Haus. Mit einer Bierflasche in der Hand starrt er auf den Bildschirm. Er sieht Peter und Tina am Tisch, sie sitzen sich gegenüber. Vor Tina steht ein großer Karton und auf dem Tisch sind Fotos ausgebreitet. Was gesprochen wird, kann er nicht hören. Ihm genügen schon die Bilder, so entgeht im Nichts.

Ruckartig packt Tina jetzt die auf dem Tisch liegenden Fotos und Papiere wieder in den Karton und legt vorsichtig den Deckel darüber. Er sieht, dass sich beide unterhalten. Jetzt rückt Peter zu Tina und nimmt sie in den Arm. Sie scheint zu weinen. Peter wischt ihr mit dem Handrücken die Tränen von der Wange.

Er führt die Bierflasche zum Mund und leert sie in einem Zug. Dabei wendet er seinen Blick nicht von dem Bildschirm und starrt fortwährend Tina an. Sein Hass ist unbeschreibbar.

34

Die Stimmung im Kommissariat ist äußerst angespannt. Zum Dienstschluss am Vortag hat der Pressesprecher, Ingmar Brugsen, ihnen mitgeteilt, das der Bürgermeister am kommenden Vormittag eine Pressekonferenz zu den Morden einberufen hat. Schließlich hat die Öffentlichkeit ein Recht auf Informationen. Auf Anordnung des Bürgermeisters soll die gesamte Belegschaft des Kriminalkommissariats an der Pressekonferenz teilnehmen.

„Worauf das hinausläuft, wissen wir doch", ereifert sich Gerd im Büro. „Der Arsch will uns, wie immer, vorführen. Für alles wird er wieder uns verantwortlich machen und zum Schluss stehen wir wieder als inkompetente Idioten da. Das kennen wir doch alles schon."

Fred, Gudrun und Sven hören nur still zu und entgegnen nichts. Die Art, wie Gerd es ausdrückt, ist sicher nicht gerade die charmanteste, aber sie wissen, dass er Recht hat.

„Brugsen ist ein karrieregeiler Arsch und unser Bürgermeister hat, was die Öffentlichkeit und die Presse betrifft, einfach keinen festen Standpunkt."
Alle sehen Gudrun verwundert an.

„Was sind das für Worte aus deinem Mund?", fragt Fred.

Na gerade der sollte sie doch besser kennen, denkt Sven und muss trotz der angespannten Situation etwas lächeln.

Die Pressekonferenz soll um zehn Uhr im Rathaussaal stattfinden. Normalerweise stimmen sie sich im Vorfeld mit dem Pressesprecher und dem Bürgermeister ab, wie verfahren werden soll und worauf die Schwerpunkte gelegt werden. In diesem Fall ist keinerlei Abstimmung erfolgt, was bedeutet, dass der Bürgermeister wohl im Alleingang Informationen geben wird. Das heißt, für Kriminalkommissar Fred Förster und sein Team nichts Gutes, da die Ermittlungen derzeit nicht vorankommen, und sie sich in einer mehr als miserablen Situation befinden.

„Okay", sagt Fred. „Wir gehen da jetzt alle hin. Wir werden hören, was unser Bürgermeister zu sagen hat. Aufgrund der laufenden Ermittlung werde ich mich mit Details zurückhalten. Was diese Zeichen oder Buchstaben auf den Körpern der toten Frauen betrifft, werde ich das keinesfalls erwähnen."

„Na hoffentlich hält sich der blöde Brugsen da zurück", kontert Gerd gleich. „Wir kennen doch sein Taktgefühl, wenn er sich in der Öffentlichkeit präsentieren kann."

„Ja, ich weiß. Lasst euch da nicht provozieren und aus der Reserve locken. Ich werde alles versuchen, dass keiner irgendeine Angriffsmöglichkeit hat und wir da möglichst sauber rauskommen. Okay?"
Alle nicken zustimmend.

Vom Kommissariat, in der Rostocker Straße, bis zum Rathaus sind es zu Fuß knapp zehn Minuten. Zehn nach halb zehn machen sie sich gemeinsam auf den Weg zum Rathaus. Um dem Trubel der Einkaufspassage zu entgehen, nehmen sie den Weg über die Großschmiedestraße und biegen zu Beginn des Marktplatzes nach rechts ab. Vor dem Reuterhaus und dem Alten Schweden lassen sich die Restaurantbesucher bei dem schönen Sommerwetter verwöhnen.

Das Portal vor dem Rathaus wirkt wie immer ruhig und friedlich. Schnell sind sie im Eingang verschwunden und gehen die Stufen in das Obergeschoss hinauf. Hier wirkt es schon nicht mehr so ruhig und friedlich. Der Bürgerschaftssaal wird von Presseleuten aus allen möglichen Regionen belagert. Links im Hintergrund sehen sie Brugsen und den Bürgermeister, die anscheinend schon kurze Statements geben.

„Was können die eigentlich zum Geschehen beitragen", frotzelt Gerd sofort. Ein Blick von Fred reicht, um Gerd den Wind aus den Segeln zu nehmen. Gerd kennt seinen Chef sehr gut. Er weiß genau, wann die Grenze erreicht ist. Gerd nickt Fred kurz zu, um ihm zu signalisieren, dass er es verstanden hat.

Es ist zehn Uhr und alle im Raum verstummen. Der Pressesprecher Ingmar Brugsen tritt ans Rednerpult.

„Sehr geehrte Damen und Herren, wie sie wissen, haben wir aus gegebener Veranlassung diese Pressekonferenz einberufen. Ich gebe jetzt das Mikrofon weiter an unseren Bürgermeister und er wird sie über weitere Einzelheiten informieren."
Statt des üblichen Beifalls kommt nur ein Gemurmel unter den Anwesenden auf.

Bürgermeister Ditmer tritt ans Rednerpult. Förster und sein Team stehen im hinteren Bereich des Saales und sind sehr gespannt, was jetzt kommt.

„Sehr geehrte Damen und Herren von Presse, Rundfunk und Fernsehen. Wir sind hiermit ihrem Wunsch nachgekommen, aufgrund der aktuellen Ereignisse eine außerplanmäßige Pressekonferenz abzuhalten. Traurigerweise sind wir hier jetzt zusammengekommen, weil zwei Frauen in unserer Hansestadt auf grausame Weise ums Leben gekommen sind. Da wir uns in einer laufenden Ermittlung befinden, können wir ihre Fragen natürlich nur in begrenztem Umfang beantworten. Dafür bitte ich schon im Vorfeld für Verständnis. Ich danke Ihnen."
Fred schaut in die Gesichter seiner Mitarbeiter. Die sehen ihn genauso fragend an, was ist mit unserem Bürgermeister los?
Der Bürgermeister Ditmer nimmt das Mikrofon wieder zur Hand.

„Ich bitte den Kriminalhauptkommissar Fred Förster zu mir. Er leitet die laufenden Ermittlungen und kann ihnen zu den Fragen am besten antworten.

Aber haben sie bitte Verständnis dafür, dass wir uns auch darauf berufen müssen, das aus ermittlungstechnischen Gründen nicht immer auf Details eingegangen werden kann."

Fred und seine Mitarbeiter waren sehr überrascht von der Rede des Bürgermeisters. So kennen sie ihn überhaupt nicht. Alle waren mehr auf Konfrontation eingestellt als auf so zahme Worte von Bürgermeister Frank Ditmer.

Fred stellte sich den Fragen der Öffentlichkeit und beantwortete diese sachlich und kooperativ. Als die Fragen der Anwesenden so weit beantwortet waren und es ruhig im Saal wurde, übernahm Brugsen wieder das Mikrofon.

„Wir hoffen, alle Fragen zu ihrer Zufriedenheit beantwortet zu haben, und beenden hiermit diese Pressekonferenz."

Verhaltenes Klatschen kam von einigen Anwesenden, ansonsten war nur ein leises Raunen zu hören und allmählich verließen alle den Rathaussaal. Brugsen ging mit den Presseleuten raus und nur der Bürgermeister und Fred blieben zurück. Sie warteten, bis alle den Saal verlassen hatten, und schlossen dann die Tür.

„Wirklich viel habt ihr noch nicht, richtig?", begann der Bürgermeister das Gespräch mit Fred.

„Richtig. Wir sind gerade in einer üblen Situation. Wir suchen noch nach einer Person, die unter Umständen etwas zur Klärung beitragen könnte. In diesem Zusammenhang haben wir das Referat

Statistik um Unterstützung gebeten. Bei denen ist gerade nicht so viel los."

„Das ist gut. Wenn ihr noch mehr Unterstützung braucht, dann sage mir Bescheid. Ihr bekommt alles, was ihr benötigt."

Fred war mehr als überrascht über das Entgegenkommen des Bürgermeisters. So kannte er ihn gar nicht. Meistens liefen die Gespräche auf Konfrontation hinaus und am Ende gab es immer nur Ärger. Fred konnte sich seine Frage nicht verkneifen: „Ist alles in Ordnung?"

Frank lächelte Fred an.

„Ich weiß, was du denkst. Lass uns das Kriegsbeil begraben. Schließlich stehen wir doch beide auf der gleichen Seite und sind verdammt nochmal dazu verpflichtet, für unsere Bürger und unsere Stadt da zu sein. Mit gegenseitigen Vorwürfen kommen wir da nicht weiter."

Fred steht völlig verblüfft vor Frank und weiß nicht, was er sagen soll. Da setzt der Bürgermeister noch einen drauf:

„Übrigens, damit du es gleich weißt. Brugsen wird gefeuert, einen Nachfolger habe ich schon für ihn. Er ist mit seiner Art nicht mehr tragbar für uns."

Damit verschwand er aus der Tür und Fred blieb ziemlich fassungslos zurück.

35

Gegen siebzehn Uhr verlassen Gerd, Sven, Fred und Gudrun das Büro. Mit den Ergebnissen des Tages sind sie unzufrieden und verabschieden sich nur mit einem knappen: „Schönen Feierabend".

Sven und Gerd sind bereits auf dem Parkplatz und sehen, wie Gudrun und Fred vor das Polizeigebäude treten. Die angenehme Nachmittagssonne scheint Gudrun ins Gesicht. Sie blinzelt in der Sonne.

„Kommst du nachher zu mir", fragt sie Fred.

Er überlegt kurz. „Warum nicht. Wir können den Tag auch gerne gemeinsam ausklingen lassen."

„Okay. Dann bis nachher."

Gerd und Sven haben die beiden beobachtet und müssen schmunzeln.

„Schon süß, die beiden", sagt Sven.

„Süß", pustet Gerd raus. „Unter süß verstehe ich etwas anderes."

Sven lacht.

„Na klar. Du denkst an die Mädels, die du ständig flach legst. Aber vergiss nicht dein Alter. Vielleicht solltest du deine Erwartungen auch langsam mal runter schrauben."

Gerd zeigt ihm lachend den Stinkefinger. „Nur kein Neid mein Alter."

Lachend verabschieden sie sich und verlassen den Parkplatz.

Gudrun drückt Fred das Tablett mit dem Geschirr für das Abendessen in die Hand.

„Ich möchte gerne auf der Terrasse essen. Das Wetter ist noch so schön."

„Okay. Ich decke draußen."

Während Fred auf der Terrasse den Tisch deckt, schneidet Gudrun in der Küche Brot ab und legt es in das kleine Körbchen.

„Was möchtest du trinken?", fragt sie ihn.

„Heute könnte ich ein schönes kaltes Bier gebrauchen."

Gudrun geht in den Keller und kommt mit zwei Flaschen Bier wieder hoch. Fred hat inzwischen schon Gläser auf den Tisch gestellt und alles gedeckt.

„Danke", sagt Gudrun.

„Für das bisschen aufdecken?", entgegnet Fred lachend.

Gudrun kurbelt die Markise herunter und setzt sich zu Fred an den Tisch. Beide essen schweigend und hängen ihren Gedanken nach. Der Fall mit den toten Frauen beschäftigt sie rund um die Uhr.

„Was wollte der Bürgermeister nach der Pressekonferenz noch von dir?", fragt Gudrun zwischen zwei Bissen.

„Mmhhh. Er hat uns jede erdenkliche Hilfe zugesagt. Schließlich stehen wir auf der gleichen Seite und sollten das Kriegsbeil begraben. Außerdem will er den Pressesprecher feuern. Einen Nachfolger hat er wohl schon."

Gudrun legt das Besteck beiseite und sieht Fred an.

„Das ist jetzt nicht dein Ernst, oder?"

„Doch. Das hat er tatsächlich gesagt."

„Sonst habt ihr euch fast die Köpfe eingeschlagen und jetzt ist er so lammfromm und feuert außerdem noch Brugsen?"

„Ja, was soll ich dir sagen. Es ist tatsächlich so. Ich wusste auch nicht, was ich dazu sagen sollte. Er war dann auch ganz schnell verschwunden."

Gudrun schüttelt nur mit dem Kopf und isst weiter.

Die Sonne geht am Horizont als roter Feuerball unter. Die Markise ist wieder eingerollt. Fred und Gudrun genießen die abendliche Ruhe und den fantastischen Sonnenuntergang.

„Was ist, wenn wir diesen Jan nicht finden?", fragt Gudrun in die Stille hinein. Fred seufzt.

„Wir müssen ihn finden. Er kann ja nicht vom Erdboden verschwunden sein. Es sei denn, er ist tatsächlich schon gestorben."

„Aber auch das muss ja dokumentiert sein", entgegnet Gudrun.

„Sicher. Nur dann nützt er uns auch nichts mehr."

36

Tina sitzt in ihrem Büro am PC und schreibt gerade ein Angebot, als das Telefon klingelt.

„Büroservice Walter, schönen guten Tag", meldet sie sich am Telefon.

„Kripo Wismar, Herr Fischer am Apparat. Ist ihnen vielleicht doch noch etwas zu diesem Jan aus der Berufsschule eingefallen?"

„Nein. Leider nicht. Ich habe auch schon in alten Bildern von früher nachgesehen. Leider ohne Erfolg."

„Schade. Falls ihnen dazu noch etwas einfällt, rufen sie bitte sofort bei uns an."

„Ja, natürlich."

„Auf Wiederhören und noch einen schönen Tag."

„Danke. Ebenfalls."

Und schon sitzt Tina wieder da und grübelt. Sie finden den Täter nicht, denkt sie. Tina hat Angst. Was will dieser Mensch von mir. Warum habe ich diese schrecklichen Fotos bekommen. Es muss jemand sein, den ich kenne. Wütend steht sie auf und geht zum geöffneten Fenster.

Ich muss hier erstmal raus und brauche etwas Bewegung an der frischen Luft, denkt Tina und schließt das Fenster. Sie nimmt ihr Handy vom Schreibtisch, greift sich ihre Handtasche und schließt das Büro ab. Auf dem Gehweg in der Breiten Straße tummeln sich die Passanten.

Er schläft in letzter Zeit deutlich schlechter als sonst. Überhaupt nimmt seine Nervosität zu und er wird immer unzufriedener. Die Polizei scheint im Dunkeln zu tappen, was ihn wiederum sichtlich beruhigt. Nach dem Frühstück ist er in die Breite Straße gegangen und treibt sich seitdem im Bereich vor Tinas Büro herum. Was er hier will, weiß er selber nicht. Aber scheinbar ist es für ihn wichtig, sich in ihrer Nähe zu wissen und diese zu spüren.

Er steht an die Hauswand gelehnt und hält sein Gesicht in die Sonne. Plötzlich geht die Tür auf und Tina tritt auf die Straße. Ihr Blick ist nach unten gerichtet auf den Fußweg und sie geht nach links Richtung Stadt. Damit hat er nicht gerechnet. Vorsichtig dreht er sich zur Seite, sodass sie, falls sie ihn ansehen würde, sein Gesicht nicht erkennen kann. Es wäre furchtbar, denkt er, wenn sie mich erkennt. Das darf nicht passieren. Es würde alle seine Pläne durchkreuzen. Über seine Unvorsichtigkeit ärgert er sich sehr. Was wäre, wenn sie ihn erkennt und einfach anspricht? Trotzdem kann er dem Drang, ihr zu folgen, nicht widerstehen.

Mit ernstem Gesicht geht Tina die Breite Straße entlang. Sie bleibt vor dem Schaufenster des Fruchtkontors Ballentin stehen und sieht sich die Auslagen an. Dann betritt sie das Geschäft. Er folgt ihr vorsichtig und späht durch das Schaufenster in den Laden hinein. Sie hält in der linken Hand einen kleinen Einkaufskorb, in den sie einen Kohlrabi und einen Blumenkohl gelegt hat. Jetzt tritt Tina an die Kasse und reicht der Verkäuferin den Einkaufskorb herüber. Sie nimmt die Tüte mit dem Gemüse in Empfang und bezahlt. Er dreht sich vom Schaufenster weg, sodass sie beim Verlassen des Geschäftes höchstens seinen Rücken sehen könnte.

Nach einer Weile dreht er sich langsam um und seine Blicke suchen Tina. In der Menschenmenge der Krämerstraße kann er sie in Höhe der Buchhandlung Peplau sehen. Langsam setzt er sich in Bewegung, um ihr zu folgen. Vor dem Schaufenster von Samen Bratz verharrt sie längere Zeit. Ihre Blicke wandern immer wieder über die Auslagen. Schließlich betritt sie doch den Laden, um kurz danach mit einer kleinen Papiertüte in der Hand wieder zu erscheinen. Während dieser Zeit hat er sich auf die andere Seite der Krämerstraße in den Schatten gestellt. Immer etwas seitlich mit dem Gesicht, damit Tina ihn nicht erkennen kann. Sie schlendert weiter die Krämerstraße hoch und geht an der Ecke bei Tchibo rein. Dort bleibt sie nicht lange. Zielgerichtet wendet sie ihren Blick zu Blume 2000 und verharrt dort lange vor den im Außenbereich stehenden Pflanzen. Er beobachtet sie sehr genau, immer darauf bedacht, von ihr nicht gesehen und erkannt zu werden.

Er hat das Gefühl, das Tina die Blumen und Pflanzen liebevoll ansieht. Sie lässt sich Zeit. Streicht mit der rechten Hand mal über die Blätter der einen Pflanze und dann mal wieder über eine andere.

Wie kann man nur so viel Zeit mit diesem Grünzeug zubringen, fragt er sich. Mit gebührendem Abstand, in Höhe der Buchhandlung Hugendubel, steht er an die Hauswand gelehnt und beobachtet Tina. Sie nimmt einen der blühenden Töpfe und verschwindet damit im Geschäft. Kurz danach erscheint sie wieder, mit dem in Papier eingepackten Topf, und geht die Krämerstraße wieder hinunter in Richtung Löwenapotheke. Am Ende der Krämerstraße rechts, gleich hinter der Santander Bank, befindet sich ein Biomarkt mit kleinem Imbiss und ein paar Tischen vor der Tür. Hier setzt sich Tina auf einen der freien Plätze. Nach kurzer Zeit kommt die Bedienung und Tina bestellt sich etwas. Was, das kann er nicht hören, da er auf einen großen Abstand bedacht ist.

Er befindet sich auf Höhe seiner Wohnung und beschließt, sich dahin zurückzuziehen.

Noch ist Tina nicht an der Reihe. Er hat einen weitaus grausameren Plan. Alles soll sie verlieren. Nichts von dem, was ihr lieb ist, soll ihr bleiben. Er will sie leiden sehen. Doch dafür bedarf es noch etwas Zeit. Er muss sich an seinen Plan halten, sonst war alles für umsonst. Es fällt ihm schwer, sehr schwer. Am liebsten wäre er Tina gleich an den Hals gesprungen und hätte sie erwürgt. Aber dieser schnelle Tod, wäre zu milde für sie gewesen. Er will und muss sie leiden sehen, sonst wären all die letzten Jahre vergebens gewesen.

Um seinen Frust ein wenig abzubauen, schaltet er den PC ein und betrachtet die Aufnahmen aus Tinas Haus, die allerdings leblos vor ihm auf dem Bildschirm erscheinen, da Tina wieder ins Büro gegangen ist und sich niemand im Haus befindet.

Stumm betrachtet er die Aufnahmen und merkt, wie sich in ihm alles zusammenzieht und er Krämpfe bekommt. Die Gedanken und Gefühle fahren Achterbahn und sein unerbittlicher Hass und die Wut fallen ohnmächtig über ihn herein. Er kann sich nicht dagegen wehren und weiß, der Zeitpunkt ist gekommen. Tina wird leiden müssen, und er wird alles in seiner Macht stehende dafür tun, dass es so schlimm wie nur möglich für sie wird.

Seine, zur Faust geballte rechte Hand schlägt so stark auf den Schreibtisch, dass sogar der Bildschirm des PC fast umfällt. Sein Wahn, bezüglich Tina, scheint unkontrollierbar zu werden.

37

Pünktlich erscheinen alle am nächsten Morgen wieder im Büro.

Gerd streckt sich und gähnt ausgiebig.

„Das Brugsen, der Vollidiot, gefeuert wird, löst in mir nicht gerade Trauer aus. Er ist schon immer ein Arschloch gewesen und wird es auch bleiben."

Fred und Gudrun grinsen sich an. Sie kennen Gerd schon lange genug, um mit seinen Äußerungen umgehen zu können. Sven ist in seine Akten vertieft und lässt sich im Moment durch nichts ablenken. Fred entgeht das nicht, und nach einer Weile spricht er Sven an.

„Ist alles in Ordnung?"

„Mmmhh, ja, schon. Weißt du, ich kann nicht so ganz verstehen wie sich Tina Walter und Grit Fichtler damals mit diesem Jan so arrangiert haben. Ich weiß nicht, aber so, wie sie es geschildert hat, muss es in etwa so gewesen sein, ein Wochenende bumst du ihn und ein Wochenende ich. Na prima. Denk doch bitte mal an unsere eigene Jugend zurück. Hätte dich das befriedigt? Na gut, in diesem Moment bestimmt befriedigt, aber auf Dauer nicht zufrieden gestellt."

Das ist genau das richtige Thema für Gerd.

„Also wenn ihr mich fragt."

„Dich fragt aber keiner", entgegnet Gudrun prompt.

„Warum eigentlich nicht. Auf dem Gebiet bin ich Vollprofi!"

„Oder voll daneben", ergänzt Sven und kann sich ein Lachen kaum verkneifen.

„Okay. Du als Vollprofi. Lass mal hören. Tina Walter und auch Grit Fichtler sind regelmäßig mit Jan bei der Sache. Poppen was das Zeug hält. Mal die Eine, mal die Andere. Jan scheint das nichts auszumachen. Er nimmt beide. Dann ist es urplötzlich vorbei. Die Frauen haben kein Interesse mehr an Jan und er nicht mehr an den beiden Frauen. Was ist passiert?"

„Woher soll ich das wissen", entrüstet sich Gerd. „Ihr wisst doch, wie die Weiber sind. Kaum sehen sie einen anderen Schwanz und schon ist es geschehen."

Gudrun runzelt sie Stirn.

„Ach. Und plötzlich war es damals dann schnell vorbei. Von einem anderen Mann hat sie in diesem Zusammenhang nichts erwähnt. Also, das kann dann ja wohl kaum ein Grund gewesen sein."

Gerd windet sich wie ein Aal.

„Ihr wisst doch, wie die Weiber sind. Manchmal ist es ihnen doch total egal mit wem sie in die Kiste steigen."

Der Blick den Fred ihm zuwirft, spricht Bände. Gerd hebt nun entschuldigend die Hände, um zu signalisieren, das er jetzt lieber den Mund hält.

Sven kommt noch mal auf den Ausgangspunkt der Diskussion zurück.

„Also. Auch wenn sich die beiden Frauen super verstanden haben, aber den gleichen Typ bumsen und trotzdem noch eine perfekte Freundschaft haben, das geht auf Dauer nicht gut. Das wissen wir doch alle."

„Ja, prima. Und was willst du uns jetzt damit sagen", mault Gerd.

„Na ja, es besteht zumindest die Möglichkeit, dass entweder der Jan oder eine der beiden Frauen einen anderen Partner kennengelernt haben. Es muss natürlich nicht sein, aber es wäre ein Grund, warum es so abrupt aufgehört hat."

„Das kann sein, muss es aber nicht", wirft Fred ein.

„Schließlich hat Frau Walter nicht erwähnt, warum es mit einem Mal vorbei war. Und machen wir uns nichts vor. Jede Affäre ist unter Umständen irgendwann vorbei, aus welchem Grund auch immer."

„Okay. Ich wollte ja auch nur darauf hinaus, dass es umso wichtiger ist, diesen Jan zu finden, weil, er kann uns vielleicht etwas mehr zu dieser Situation sagen." Sven gab nicht auf.

Es war allen klar, dass Jan gefunden werden muss. Nur weiß im Moment niemand, wo er sich aufhält und ob er überhaupt noch lebt.

Fred steht auf und geht im Büro hin und her. Das ist für alle ein Achtungszeichen, dass seine Nerven blank liegen. Immer wenn er das Gefühl hat, dass ihm ein Fall entgleitet oder er kein Weiterkommen sieht, läuft er rastlos im Büro umher.

Vor der Pinnwand mit den Bildern der Opfer und den am Fall beteiligten Personen bleibt er stehen und starrt stumm auf die mit Strichen und Pfeilen verbundenen Fotos.

„Wenn unsere Theorie stimmt, dass die Zeichen auf den Körpern der toten Frauen die Buchstaben von Tina Walters Vorname sein sollen, dann haben wir ein Problem. Für diesen Fall hätten wir ein T und ein I. Die Buchstaben N und A fehlen noch. Wenn der oder die Täter tatsächlich den Namen vervollständigen, dann müssen wir davon ausgehen, dass noch zwei Morde folgen."

Diese Feststellung von Fred lässt alle erschauern und niemand kann etwas erwidern, da alle die gleiche Befürchtung haben.

Sven räuspert sich.

„Wir sollten nochmal mit Frau Walter reden und sie bitten, uns alle Personen mitzuteilen, die ihr noch aus früheren Zeiten bekannt sind bzw. mit welchen sie im Moment noch in Kontakt steht. Da der Täter bisher immer Frauen ermordet hat, die in irgendeinem Zusammenhang mit ihr standen, können wir so vielleicht den Personenkreis eingrenzen und mögliche Opfer versuchen zu warnen bzw. zu überwachen."

„Ja. Kommt drauf an, wie viele Leute sie noch kennt oder an wen sie sich noch erinnert. Ein Versuch ist es aber wert." Fred nickt zustimmend in Richtung von Sven.

38

Tina hat sich heute den Tag frei genommen und bleibt zu Hause. Sie freut sich, dass Peter auch nicht ins Büro geht, und sie sich einen schönen Tag machen können.

Noch bevor Peter wach geworden ist, hat sie sich aus dem Schlafzimmer geschlichen und ist aufgestanden. Puschel folgt ihr nach unten in die Küche und verlangt laut maunzend ihre Streicheleinheiten.

„Komm her meine Süße. Wir haben heute frei und sind den ganzen Tag für dich da. Du kannst also alle Streicheleinheiten der Welt bekommen."

Tina krault Puschel das Fell, dass die Katzenhaare nur so durch die Luft wirbeln.

„So. Nun ist genug", sagt sie lachend und streicht mit der Fusselrolle die Katzenhaare von ihrem T-Shirt weg.

In der Küche nimmt sie den am Vortag vorbereiteten Teig für die Frühstückshörnchen aus dem Kühlschrank und knetet ihn mit etwas Mehl nochmals gut durch. Kochen und Backen ist ihre Leidenschaft und heute möchte sie Peter mit frisch gebackenen Hörnchen überraschen. In den vor ihr liegenden Teig schneidet sie Dreiecke hinein und rollt ihn von der breiten Seite auf, sodass die Hörnchenform entsteht. Behutsam streicht sie Eigelb auf den Teig und schiebt das Blech in den Ofen. Plötzlich steht Peter hinter ihr.

„Guten Morgen. Was duftet hier so toll?"

„Außer dem Kaffee hoffe ich, die schönen Hörnchen die ich im Backofen habe."

Sie strahlt Peter an und er nimmt sie in den Arm.

„Hast du gut geschlafen?"

„Ja", antwortet Tina und drückt sich fest an seinen starken Oberkörper.

„Ich bin dir sehr dankbar, dass du die Zeit über jetzt bei mir bleibst. Gerade jetzt brauche ich deine Hilfe."

Sie schaut ihm dabei fest in die Augen. Peter weicht ihrem Blick nicht aus. Zärtlich umfasst er ihre Schultern, schiebt sie auf Armlänge weg, wobei er sie immer Blick behält.

„Du glaubst doch nicht wirklich im Ernst, dass ich dich jetzt alleine lassen würde. Ich liebe dich. Und wenn es nach mir ginge, würde ich für immer bei dir bleiben wollen."

Während er das sagt, schaut er ihr tief in die Augen.

Tina ist so gerührt, dass ihr Tränen in die Augen schießen und trotzdem strahlt sie über das ganze Gesicht.

„Du bist so lieb. Ich danke dir. Würdest du einen Hausschlüssel von mir annehmen?"

Diesmal ist es Peter, der vor Rührung schlucken muss und Tina an sich drückt.

„Sehr gerne. Ich werde immer für dich da sein."

Er schließt die Augen und umarmt sie innig.

Sie windet sich lachend aus seiner Umarmung.

„Ich glaube, die Hörnchen sind gut. Wenn ich sie jetzt nicht aus dem Ofen nehme, war alles für umsonst und sie sind schwarz."

Puschel kommt maunzend um die Ecke und schleicht um die Waden von Peter.

„Auch du wirst mich nun nicht mehr los", sagt er lachend und krault ihr das weiche Fell.

Der Kaffee in den Tassen dampft und verbreitet einen angenehmen Duft im Raum. Sie sitzen sich schweigend gegenüber und genießen die Hörnchen.

„Weißt du, wie der Stand der Ermittlungen ist", fragt Peter sie.

„So genau weiß ich es nicht. Sie haben mich gestern nach meinen Bekannten gefragt und nach Personen, die ich noch von früher kenne. Aber so richtig konnte ich ihnen nichts sagen. Du weißt selber, dass mein Bekanntenkreis mehr als klein ist und von früher, na ja, wen soll ich da nennen können. Enge Kontakte gibt es da überall nicht mehr. Also richtig helfen konnte ich ihnen nicht."

Peter schaut nachdenklich.

„Warum wollten sie das so explizit wissen?"

Tina zuckt mit den Schultern.

„Ich weiß es nicht."

Sie greift zu ihrer Kaffeetasse und trinkt genüsslich.

Peter schaut zur Terrassentür hinaus und fragt Tina: „Es ist super Wetter heute. Wollen wir an den Strand fahren und Picknick machen?"

Tina hebt erstaunt den Kopf.

„Seid wann gehst du freiwillig mit mir an den Strand?"

Peter lacht.

„Auch ich bin für Überraschungen gut. Der Mensch kann sich in jedem Lebensalter noch ändern. Manchmal auch zum Guten."

Er grinst Tina an. Nur zu gut weiß er, wie gerne Tina an den Strand geht und dort ihre Zeit verbringt.

Die noch übrig gebliebenen Hörnchen beschmiert Tina mit Butter und legt sie zusammen mit einer Thermoskanne Kaffee in den Picknickkorb. Peter legt noch Salzstangen und Erdnüsse dazu. Puschel will in den Korb springen und wird lautstark von beiden daran gehindert. Sie sehen sich an und müssen lachen.

Gemeinsam verlassen Peter und Tina das Haus und fahren mit seinem Auto los. Ortsausgang Wismar verlassen sie den Kreisel in Richtung Grevesmühlen. Nach Ende der Umgehungsstraße kommt Gägelow, wo sie rechts abbiegen. An der Kreuzung in Gramkow blinkt er rechts, um nach Hohen Wieschendorf an den Strand zu fahren. Links am Straßenrand erscheinen die Erdbeerfelder vom Erdbeerhof Glantz. Die Erntehelfer sind schon wieder fleißig am Pflücken.

„Nehmen wir uns auf dem Rückweg ein paar Erdbeeren mit", fragt Tina.

„Gerne. Eingezuckert mit etwas Kaffeesahne kann ich dann nicht widerstehen", lacht Peter.
Hinter dem kleinen Hügel vor Hohen Wieschendorf führt die Straße gerade hinab und gibt den Blick auf die Marina mit der Ostsee im Hintergrund frei. Tina atmet tief durch und genießt den Anblick. Sie liebt das Meer, die Möwen und den Strand. Ohne all das möchte sie nicht mehr sein. Deshalb kommt für sie auch kein Umzug in einen anderen Ort in Frage.

Peter parkt auf dem großen Parkplatz, der inmitten der Marina liegt, und sie gehen mit ihrem Picknickkorb nach links die Steilküste entlang. Tina ist nicht zum ersten Mal hier. Sie hofft, dass ihre Lieblingsecke noch nicht besetzt ist.

Sie haben Glück. Die kleine lauschige Ecke am Fuße der Steilküste ist noch frei. Tina breitet die Picknickdecke aus und macht mit der Hand eine einladende Geste in Peters Richtung.

„Es ist angerichtet, der Herr darf Platz nehmen."

Peter legt sich auf die Decke und Tina setzt sich neben ihn, sodass sie einen freien Blick auf die Ostsee hat. Tief atmend saugt sie die salzige Seeluft auf und wendet ihren Blick nicht von der Wasseroberfläche. Die Sonnenstrahlen werden auf den Wellen reflektiert, sodass es scheint, als würde ein ganzes Sternenmeer über dem Wasser flimmern. Dazu das Geschrei der Möwen, das Flattern der Sandschwalben, die ihre Höhlen mit Vorliebe an den steilen Wänden der Küste bauen, mehr braucht Tina gerade nicht zum Genießen.

Peter ist neben ihr eingeschlafen und sie lässt ihn auch in Ruhe. Ihr Blick schweift ruhelos über die Ostsee und sie beobachtet die Möwen, die blitzschnell hinabschießen, um ihre Beute kurz unter der Wasseroberfläche zu ergattern. Dieses Naturschauspiel kann sie sich stundenlang ansehen, ohne das es langweilig wird.

Das fortwährende Beobachten der Wellen und der Vögel hat Tina nun doch ermüdet. Sie legt sich neben Peter, schaut ihm kurz ins Gesicht und schließt nun doch die Augen. Beim Rauschen der Wellen und dem Geschrei der Möwen schläft Tina ein.

Durch ein Kitzeln auf ihrer Nase wird sie gestört und schlägt die Augen auf. Sie sieht Peter, der mit einem Grashalm auf ihr Gesicht zielt. Lachend schlägt sie seine Hand zur Seite.

„Eh, was soll das", scherzt Tina.

„Weißt du, wie lange du geschlafen hast?"

Tina schaut auf die Uhr und stellt fest, dass es tatsächlich schon später Nachmittag ist.

„Wie konnte mir das nur passieren?"

„Dein Körper holt sich seinen Schlaf. Die letzten Nächte hast du doch auch schlecht geschlafen."

„Ja. Das stimmt", gibt sie ihm recht. „Lass uns einen Kaffee trinken und eins von meinen leckeren Hörnchen vertilgen."

Beide sitzen kauend auf der Decke und ihre Blicke schweifen über das Meer.

Tina kümmert sich um die Erdbeeren, die sie auf dem Rückweg auf dem Erdbeerfeld bei Gramkow noch gepflückt haben, während Peter auf der Terrasse schon mal den Tisch deckt. Puschel schnurrt im Tinas Beine, als wenn sie sagen möchte, ihr habt mich zu lange alleine gelassen.

„Ach mein Murkelchen", sagt Tina und bückt sich zu Puschel, um ihr das Fell zu kraulen. In diesem Moment kommt Peter von der Terrasse in die Küche und muss lachen.

„Ihr seid mir schon zwei. Hilft dir Puschel bei den Erdbeeren?"

„Ist dein Hunger schon wieder so groß? Wir haben doch am Strand erst spät noch Hörnchen gegessen. Außerdem bin ich mit den Erdbeeren fast fertig."

Sie tragen das Essen auf die Terrasse und lassen es sich schmecken. Wie jeden Abend singt ihnen die Drossel auf dem höchsten Ast des Apfelbaumes ein Lied dazu.

Es ist ein lauer Sommerabend und sie bleiben fast bis zum Einbruch der Dunkelheit auf der Terrasse sitzen. Die Vögel haben schon lange mit zwitschern aufgehört und die ersten Fledermäuse ziehen über ihren Köpfen die Runde.

„Lass uns schlafen gehen", sagt Peter und räumt die leeren Gläser in die Küche. Tina stellt sie in den Geschirrspüler, während Peter die Sitzauflagen in den Keller bringt.

Sie gehen gemeinsam nach oben und legen sich schlafen.

Tina liegt lange Zeit wach und kann nicht einschlafen. Grit und Nadine gehen ihr nicht aus dem Kopf. Die Bilder der beiden Frauen tauchen immer wieder in ihrem inneren auf. Sie kann noch immer nicht begreifen, was da geschehen ist.

Ihren Gedanken nachhängend blickt sie in der Dunkelheit des Raumes an die Zimmerdecke. Das kurze Leuchten ihres Displays im Handy signalisiert ihr, das sie eine Nachricht bekommen hat. Da sie ohnehin nicht schlafen kann, sieht sie nach, wer um diese Uhrzeit noch eine Nachricht geschickt hat. Ohne zu zögern, öffnet sie die Mail. Was dann geschieht, kann sie später nicht mehr sagen.

Peter wird von ihrem lauten Schrei in der Stille der Nacht aus dem Schlaf gerissen.

39

Schon seit dem späten Nachmittag sitzt er in seinem Auto, in der Rostocker Straße, kurz vor den Bahnschienen. Den Sitz hat er weit nach hinten gelehnt und versucht sich, so gut es geht, zu entspannen. Aber das gelingt ihm nicht. Jede Phase seines Körpers ist angespannt, dass es fast schmerzt. Nervös trommelt er mit den Fingern auf seinen kleinen Rucksack, den er auf dem Beifahrersitz positioniert hat. Wenn sein Zeitplan stimmt, müsste Irina in ungefähr zwanzig Minuten aus Richtung Altstadt nach Hause gehen. Von seinem Platz aus kann er in Richtung Stadt die gesamte Rostocker Straße einsehen und in der anderen Richtung auch die Haustür von Irinas Wohnung im Bleicherweg.

Kurze Zeit später sieht er sie aus der Altwismarstraße kommend die Straße überqueren. Sein Herz schlägt laut und der Puls rast. Er mahnt sich zur Ruhe. Jetzt nur keinen Fehler machen. Seine Blicke folgen jedem ihrer Schritte. Jetzt geht sie an seinem Auto vorbei, nimmt jedoch keinerlei Notiz davon. Als sie die Bahnschranke erreicht hat und nach rechts in den Bleicherweg einbiegt, greift er nach seinem Rucksack und verlässt das Auto.

So unauffällig wie möglich folgt er Irina. Sie wohnt in dem kleinen Haus im Erdgeschoss rechts.

Sie nähert sich der Haustür und sucht in der Tasche nach dem Schlüssel. Er beschleunigt seine Schritte etwas, um die Tür noch greifen zu können, bevor sie wieder ins Schloss fällt. Ein Geräusch lässt ihn erstarren und er bleibt mitten auf dem Fußweg stehen. Das Handy von Irina klingelt und das Geräusch geht ihm durch Mark und Bein. Hektik überfällt ihn. Instinktiv dreht er sich um und geht so unauffällig wie möglich die Straße wieder in die Richtung zurück, aus der er gerade gekommen ist. In Höhe seines Autos bleibt er stehen und beobachtet Irina. Sie wirkt fröhlich und lacht ins Handy. Langsam dreht sie sich von der Haustür weg und geht mit dem Handy am Ohr wieder in Richtung Stadt.

Kalter Schweiß tritt ihm auf die Stirn und sein Körper zittert. Nichts ist mehr so, wie es sein sollte. Sein Plan geht nicht auf.

Es ist noch nie seine starke Seite gewesen, Situationen die sich ändern, sofort zu erfassen und einen Plan ändern zu können. Bei ihm musste schon als Kind alles gut durchstrukturiert sein, damit der Tagesablauf für ihn erträglich war.

Schwer atmend lehnt er am Baum und beobachtet Irina, wie sie das Handy in ihre Handtasche steckt und Richtung Stadt geht.

Wie in Trance folgt er ihr in gebührendem Abstand. Seine Hände umfassen fest die Schultergurte des Rucksacks und sein Blick ist starr auf Irina gerichtet. Auf keinen Fall will er von seinem Vorhaben abweichen. Irina soll und muss diese Nacht sterben. Noch hat er keinen neuen Plan. Während er ihr folgt, sieht er in Gedanken die leeren Augen von Grit und

Nadine vor sich. Nein. Er muss es heute Nacht tun. Sein Adrenalinspiegel ist so hoch, da gibt es kein Zurück mehr.

In der beginnenden Dunkelheit geht Irina die Straße hinter dem Rathaus entlang, biegt bei Arko nach links auf den Markt ein und überquert diesen in Richtung Rossmann.

 Er folgt ihr zögerlich, denn um diese Uhrzeit ist der Marktplatz menschenleer. Deshalb geht er nicht quer über den Marktplatz, sondern schleicht rechts vor dem Rathaus entlang um dann an der Schwedenwache und dem Cafè Smile vorbei wieder auf die Straße zu stoßen, die dann in die Sargmacherstraße führt. Pustend kommt er an der Ecke an, denn Irina hat nun doch schon etwas Vorsprung. In der Sargmacherstraße verringert er den Abstand etwas zwischen sich und Irina und beobachtet die Umgebung sehr genau. Weit und breit ist kein Mensch zu sehen. Sein Blick tastet den Boden ab. Dann entdeckt er einen kaputten Ziegelstein. Er hebt ihn auf. Von dem vormals heilen Stein ist nur noch knapp die Hälfte übrig geblieben. Sein Blick wandert von dem Stein zu Irina, die jetzt rechts neben dem Marienkirchturm über den kleinen Parkplatz in Richtung Negenchören geht. Noch bevor sie die Kirche erreicht hat, ist er bei ihr und holt mit dem halben Ziegelstein in seiner Hand aus.

Der Schlag von hinten trifft sie so hart, dass sie sofort zusammensackt und umfällt. Seine Panik ist groß, da nichts mehr nach Plan läuft. Den

Ziegelstein schmeißt er in seinen Rucksack. Dann greift er der bewusstlosen Irina unter die Arme und schleppt sie zur Alten Schule. Keuchend legt er sie dort ab und sein Puls rast. Vor Wut hätte er am liebsten laut gebrüllt, aber genau das durfte er jetzt nicht tun. Sein Plan ist völlig aus den Fugen geraten.

So schnell es ihm möglich ist, versucht er seine Gedanken zu ordnen. In seine Wohnung kann er Irina in diesem Zustand unmöglich bringen. Das wird nicht unbeobachtet bleiben. Hier auf dem Kirchhof von St. Marien, kann er sie auf keinen Fall entkleiden. Auch das wäre viel zu auffällig.
Er hievt die noch bewusstlose Irina auf den Absatz vor der Alten Schule. Seinen Blick richtet er, bewusst langsam, auf den unteren Teil des Marienkirchturms. Langsam, sehr langsam, hebt er den Kopf, um den Kirchturm von unten nach oben in seiner vollen Höhe zu betrachten. Sein Blick fixiert die Kirchturmspitze, dann atmet er langsam und tief ein und aus und beugt sich über Irina. Noch bevor sie das Bewusstsein wieder erlangt, würgt er sie, bis ihm die Hände schmerzen.
Die kühle Nachtluft lässt ihn erschauern. Erneut überfällt ihn Panik. Instinktiv greift er in seinen Rucksack, um die Dose mit dem Farbspray herauszuholen. Die Dose in seiner Hand zittert, er weiß, dass alles schiefgelaufen ist.

Spät in der Nacht betritt er seine Wohnung, zittert am ganzen Körper und ist nicht mehr klar im Kopf. Die Sache mit Irina lässt ihn nicht los. Warum musste sie gerade heute einen Anruf bekommen.

Aus Gewohnheit nimmt er sich aus der Speisekammer eine Flasche Bier und aus dem Kühlschrank holt er die Flasche Korn. Das Bier ist noch zu, während er schon die Flasche Korn aufschraubt, um gierig daraus zu trinken. Dann erst öffnet er das Bier und trinkt die halbe Flasche in einem Zug leer. So langsam fährt sein Inneres wieder runter, er schaltet, noch immer wie benommen, seinen PC an und wartet auf die Bilder, die beim Öffnen erscheinen.

Währenddessen hat er die Flasche Bier geleert und holt sich eine Neue aus dem Kasten.

Der Rechner ist hochgefahren und die Bilder der Überwachungskameras von Tinas Haus erscheinen auf dem Bildschirm. Alle ihre Räume liegen jetzt im Dunkeln.

Er nimmt einen kräftigen Schluck aus der Flasche Korn, überprüft die Mail noch einmal und klickt auf – Senden –.

Danach kippt er den Korn sinnlos in sich hinein.

Das Video, auf dem zu sehen ist, wie Tina ihr Handy in die Hand nimmt und die Mail öffnet, sieht er schon nicht mehr.

40

Tinas Schrei ist wahrscheinlich im gesamten Wohngebiet zu hören gewesen. Peter schießt aus dem Bett hoch, versucht, völlig verschlafen den Lichtschalter zu finden, und fällt dabei fast aus dem Bett.

Er sieht Tina senkrecht im Bett sitzen, das Handy in der Hand und am ganzen Körper zitternd. Keinen Ton kann sie herausbringen, als er sie fragt, was geschehen ist. Mit zitternder Hand zeigt sie auf ihr Handy, dass sie inzwischen vor sich auf das Bett geworfen hat. Als er nach dem Handy greifen will, entfährt Tina wieder ein schriller Schrei. Unbeirrt nimmt er das Handy in die Hand und schaut auf das Display.

Was er dort zu sehen bekommt, kann er, genau wie Tina, einfach nicht glauben. Er nimmt sie ganz fest in den Arm und augenblicklich fängt sie an hysterisch um sich zu schlagen. Am liebsten würde sie sofort das Haus verlassen und nie mehr zurückkehren. Peter fühlt sich ähnlich, muss aber erst mal Tina beruhigen, damit beide einen klaren Gedanken fassen können.

„Beruhige dich", sagt er und hält ihre Arme fest, damit sie nicht mehr um sich schlagen kann.

„Ich kann nicht", schreit sie ihn an und versucht, sich aus seinem Griff zu befreien. Er hält sie aber so fest, dass es ihr nicht gelingt. Sie legt ihren Kopf auf seine Schulter und ihr ganzer Körper wird von dem

Schluchzen und Weinen heftig durchgeschüttelt. Ihm fehlen die Worte. Mit nichts kann er sie jetzt trösten. Vorsichtig lockert er den Griff um ihren Körper und spürt, dass ihr Widerstand nachlässt. Nach und nach lässt Peter die Umklammerung von Tina, fasst sie an den Schultern und dreht ihren Kopf in Blickrichtung zu sich. Er schaut ihr in die Augen.

„Es ist so furchtbar. Wir müssen die Polizei anrufen."

„Ja. Ich weiß", entgegnet sie ihm. Und wieder fängt Tina bitterlich mit Weinen an und muss ihre Schreie unterdrücken, die ihr vor lauter Verzweiflung entweichen wollen.

Peter legt seine Hand auf Tinas Schulter.

„Komm. Wir ziehen uns jetzt an und rufen dann die Polizei. Damit können wir nicht bis morgen warten. Das müssen sie sich gleich ansehen."

Am ganzen Körper zitternd versucht Tina aufzustehen, fällt aber immer wieder auf das Bett zurück. Alle Kräfte sind aus ihr gewichen. Peter greift ihr unter die Arme und hebt sie hoch.

„Komm. Das müssen wir jetzt machen. Es geht nicht anders."

Auf Peters Arme gestützt geht Tina zum Kleiderschrank, um sich ihre Sachen zu holen.

41

Wie lange er in seinem Rausch gelegen hat, weiß er nicht. Als er die Augen aufschlägt, flimmert alles vor ihm und er hat einen ekligen Geschmack im Mund. Ihm ist so übel, dass er noch nicht mal mehr bis zum Klo kommt und in der Küche neben dem Herd auf den Fußboden kotzt. Mit dem Handrücken wischt er sich den letzten Brocken Kotze weg, versucht aufzustehen und schafft es nicht. Seine Beine fühlen sich wie Pudding an und alles um ihn herum dreht sich. Tief atmend legt er sich wieder auf den Küchenfußboden und wartet etwas ab. Sein Puls beruhigt sich und der Herzschlag wird gleichmäßiger. Allmählich werden auch seine Gedanken klarer.

Ein Schreck durchfährt seinen Körper. Er erinnert sich schemenhaft an die Mail, die er Tina geschickt hat und ahnt, dass er einen fatalen Fehler gemacht hat.

Alles dreht sich wieder um ihn herum, Sterne flackern vor seinen Augen und dann wird es dunkel um ihn herum. Er liegt bewusstlos auf dem Küchenfußboden.

42

Tinas Gesicht und die Augen sind vom Weinen aufgequollen und rot. Aber das ist ihr im Moment völlig egal. Sie hat mit Peters Hilfe den Laptop nach unten ins Wohnzimmer gebracht, damit sie mit den Beamten der Kripo nicht hochgehen muss. Ihr unruhiger Blick huscht immer wieder über die

Zimmerdecke und die Wände, aber das, was sie finden möchte, kann sie nirgends entdecken.

Nachdem Peter bei der Kripo angerufen hat, kann auch er nicht mehr zur Ruhe kommen und läuft ständig im Zimmer auf und ab. Sie sind zurzeit nicht in der Lage, miteinander zu reden. Jeder von ihnen macht sich seine Gedanken über das, was sie da gesehen haben und sind offensichtlich am Verzweifeln.

Durch die Jalousie des Wohnzimmers nehmen sie die Scheinwerfer eines heranfahrenden Fahrzeuges wahr. Peter will schon zur Haustür gehen, um sie zu öffnen, aber Tina hindert ihn daran.

„Warte. Mach bitte erst auf, wenn sie klingeln. Ich habe Angst. Was ist, wenn jemand anders vor der Tür steht, und es gar nicht die Polizei ist?"

„Schon gut, dann warte ich eben."

Kurz nach dem Zuklappen der Wagentüren sind Schritte zu hören und Tritte auf den drei Stufen, die zur Haustür führen. Fast im selben Moment ertönt die Klingel. Tina schlägt das Herz bis zum Hals und ihr unsicherer Blick trifft auf den von Peter. Beide nicken sich kurz zu und Peter geht zur Haustür, um sie zu öffnen.

Tina sitzt wie versteinert auf der Couch und lauscht den Geräuschen.

„Guten Abend, oder soll ich lieber gute Nacht sagen?", hört sie die Stimme von dem Polizisten, der neulich bei ihr im Büro war, und sie nochmals befragt hat. Fischer heißt er, erinnert sich Tina.

Sie hört wie Peter freundlich „Guten Abend", sagt und die Haustür geschlossen wird.

Sven Fischer und Fred Förster betreten das Wohnzimmer von Tina und sehen eine verzweifelte Frau, mit verheultem Gesicht und einer Packung Tempos auf der Couch sitzen. Vor ihr steht aufgeklappt ein Laptop.

„Guten Abend", sagen Fred Förster und Sven Fischer zu Tina. Sie nickt nur, da es ihr immer noch die Sprache verschlagen hat.

Fred sieht Peter auffordernd an und sagt: „Was ist passiert, dass sie uns um diese Uhrzeit bitten, zu kommen?"

Die große Wanduhr in Tinas Esszimmer schlägt gerade halb drei.

„Meine Lebensgefährtin hat heute Nacht eine Mail bekommen, die müssen sie sich unbedingt ansehen."

Tinas Atmung ist schnell und flach, weil sie immer noch mit den Tränen kämpft. Sie nimmt sich ein Tempo aus der Packung. Durch ein Handzeichen deutet sie Fred und Sven an, auf den Laptop zu schauen.

Peter ist sehr nervös, weil er sich Sorgen um Tina macht, und bleibt in Höhe der Wohnzimmertür stehen.

Fred und Sven blicken gespannt auf den Bildschirm, wo Tina nun zögerlich die Mail mit dem Anhang öffnet.

Während sie das macht, laufen wieder Tränen über ihr Gesicht und sie wendet ihren Blick ab Richtung Zimmerdecke.

Was sie dort sehen, macht sie zunächst fassungslos. Fred räuspert sich und Sven stößt einen kurzen Pfiff aus, der keinesfalls positiv gemeint ist. Sie sehen sich an und schütteln nur mit dem Kopf.

Tina ist währenddessen in die rechte Couchecke gerutscht und lässt ihren Tränen freien Lauf. Peter steht noch immer hilflos im Raum und weiß nicht, was er tun soll.

Fred schaut erst Tina und dann Peter an.

„Können sie das Haus verlassen und für ein paar Tage woanders bleiben?".

Peter nickt.

„Ich habe eine Wohnung am Spiegelberg. Da können wir bleiben."

Als Tina das hört, schüttelt sie mit dem Kopf.

„Ich lasse doch mein Kätzchen hier nicht alleine."

Peter geht zu Tina und legt ihr beruhigend die Hand auf die Schulter.

„Dein Kätzchen nehmen wir mit. Sie muss nicht allein bleiben."

Fred und Sven sehen sich etwas verständnislos an.

Während Tina und Peter ein paar Sachen packen, holt Fred die Leute von der Technik und der KTU aus dem Bett und veranlasst, dass sämtliche verfügbare Einsatzfahrzeuge die Innenstadt durchkämmen, um die Tote zu finden. Hoffentlich gelingt ihnen dass, bevor Passanten sie entdecken.

Sven betrachtet die beiden Fotos auf Tinas Laptop. Dass ein dritter Mord geschehen ist, lässt sich anhand des Fotos nicht leugnen. Die Frau wurde sitzend auf dem kleinen Mauervorsprung abgelegt. Nur sie wissen noch nicht, wo. Bis jetzt ist ihnen keine Meldung bekannt, dass eine Tote gefunden wurde.

Sie scrollen das Bild größer und sehen auf der Kleidung der Toten eindeutig ein N.

Fred wirft einen Blick über die Schulter, um zu sehen, ob Tina Walter das bemerkt hat. Aber sie scheint es nicht gesehen zu haben. Auch wenn sie später das Zeichen als N deuten könnte, weiß sie bis jetzt trotzdem nichts von den vorherigen Buchstaben. Fred will sie, so lange wie möglich, mit dieser Tatsache verschonen.

Fred und Sven sind wahnsinnig wütend. Der Täter ist ihnen meilenweit voraus, er treibt ein grausames Spiel. Das zweite Foto in der Mail macht sogar Fred und Sven Angst. Sie können verstehen, warum Tina so heftig darauf reagiert hat.

Auf dem Foto sind Peter und Tina zu sehen, wie sie gemütlich auf der Couch sitzen und sich unterhalten. Vor ihnen stehen auf dem Tisch Gläser mit Wasser und Wein. Das Kätzchen liegt neben Tina und schläft.

Für Fred Förster und sein Team stellt sich nun die Frage, wo sich überall im Haus

Überwachungskameras befinden und wie er es geschafft hat, diese unbemerkt zu platzieren. Außerdem haben sie eine dritte Leiche, die noch nicht gefunden wurde. Das diese Morde mit Tina Walter im Zusammenhang stehen, kann spätestens jetzt niemand mehr leugnen.

Fred runzelt die Stirn und muss an den Bürgermeister denken. Er wird Fragen stellen und sich auf die Informationsfreiheit der Öffentlichkeit berufen. Diese Details kann er auf keinen Fall an die Presse geben, es würde die Ermittlungen behindern.

Peter und Tina stehen in der Tür. Er hält ihre kleine Reisetasche in der Hand und Tina den Katzenkorb, in dem Puschel laut kreischend ihrem Unbehagen freien Lauf lässt.

Fred schaut Tina ernst an.

„Frau Walter, sie kennen die Frau auf dem Foto?"

Tina muss sich setzen und kann ihre Tränen nicht unterdrücken.

„Ja. Das ist Irina Müller. Wir waren damals in Wendorf Nachbarn. Sie hat im Nebenhaus gewohnt. Da kommt man doch schnell mal ins Gespräch. Und wenn es nur beim Wäsche aufhängen ist. Wir kannten uns nur als Nachbarn. Sicherlich haben wir auch mal zum Kaffee geklönt und abends auf dem Hof zusammen gesessen beim Grillen."

Fred nickt und bittet Tina um den Hausschlüssel.

„Hat in letzter Zeit jemand Zutritt zu ihrem Haus gehabt?"

Tina nickt.

„Ja. Ich hatte vor ein paar Wochen eine Elektrofirma hier, die E-Verteilung musste neu gemacht werden. In der Waschküche gab es einen Kurzschluss und dann habe ich entschieden, alles neu machen zu lassen."

Bei dem Gedanken daran, dass der Mörder von Grit, Nadine und Irina, ständig über die Kameras auf das Leben von Tina Zugriff hatte, lässt sie wieder unweigerlich mit heulen anfangen. Peter nimmt sie in den Arm.

„Komm. Lass uns gehen. Bei mir zu Hause bist du sicher.".

Fred nickt Peter zu und beide verlassen, mit dem Katzenkörbchen in der Hand, das Haus.

43

Peter parkt den Wagen am Spiegelberg 49, und schaut hinauf an die Giebelfenster. Tina sitzt auf dem Beifahrersitz und blickt ins Leere. Auf dem Rücksitz steht der Katzenkorb und Puschel kreischt aus Leibeskräften.

„Komm." Er stößt Tina leicht an den Oberarm, als Zeichen, das Auto zu verlassen. Sie dreht ihren Kopf zu Peter und schaut ihm in die Augen.

„Ich kann das alles nicht verstehen. Es ist ein Alptraum. Jetzt ist auch Irina tot, und sie haben noch nicht mal ihre Leiche gefunden. Es ist alles so furchtbar. Ich habe so schreckliche Angst. Warum tut mir jemand so etwas an und warum mussten diese Frauen sterben. Sie haben niemandem etwas getan."

Peter schaut nachdenklich auf die Hauswand vor sich.

„Du kanntest sie. Das scheint dem Täter schon zu genügen. Was auch immer er damit erreichen will."

Peter zuckt erschöpft mit dem Schultern. Er steigt aus dem Auto und geht auf die Beifahrerseite, um Tina beim Aussteigen behilflich zu sein. Langsam und sichtlich erschöpft verlässt sie das Fahrzeug und nimmt den Katzenkorb vom Rücksitz. Puschel kreischt unentwegt, sie ist Reisen nicht gewohnt.

Tina steht, mit dem Katzenkörbchen in der Hand vor der Haustür und wartet darauf, dass Peter aufschließt. Er öffnet die Tür und Tina atmet erleichtert auf, als er sie von innen wieder verschließt. Sie gehen die schmale Treppe in die zweite Etage hinauf, wo sich die Wohnung von Peter befindet. Beim Betreten der Wohnung überkommt Tina ein komisches Gefühl. Solange wie sie schon mit Peter zusammen ist, war sie nicht oft hier. Ab und an mal zum Blumengießen, wenn er geschäftlich unterwegs war, oder um nach dem Rechten zu sehen, aber geschlafen hat sie hier noch nie.

„Komm", Peter führt Tina gleich rechts den langen Flur entlang in Richtung Küche. Links davor ist ein kleines Zimmer, hier liegt eine große Matratze auf dem Fußboden, auf der Peter schläft. Sie stellen das Katzenkörbchen ab und lassen Puschel freien Lauf.

Peter sieht Tina an und fragt: „Möchtest du einen Tee oder wollen wir gleich schlafen gehen?"

„Ich möchte gerne noch einen Tee trinken. Vielleicht kann ich dann nachher besser einschlafen. Außerdem bin ich im Moment ohnehin völlig aufgewühlt."

Während im Kocher das Wasser brodelt, bereitet Peter die Teetassen vor. Er gießt den Tee auf und stellt den Kurzzeitwecker auf drei Minuten fünfzig. Der Duft des Melissentees durchströmt die ganze Küche. Tina steht am Fenster und starrt hinaus in die Dunkelheit Richtung Hafen. Sie muss unwillkürlich an Grit denken, die im Alten Hafen gefunden wurde. Ein Schauer läuft ihr über den Rücken und sie schüttelt sich kurz. Abrupt dreht sie sich vom Fenster weg und schaut Peter zu, der die Teetassen auf den Küchentisch stellt.

„Danke für alles, du bist so lieb zu mir. Ich wüsste nicht, wie ich das ohne dich schaffen könnte."
Er geht auf Tina zu und nimmt sie in den Arm.

„Ich liebe dich. So lange ich kann, werde ich dich immer beschützen und zu dir halten. Das kannst du mir glauben."
Tina kneift die Augen zu und lehnt sich ganz fest an seine Brust. Nach ein paar Sekunden löst sie sich aus seiner Umarmung und schaut auf die dampfenden Teetassen.

„Lass uns den Tee trinken und dann schlafen gehen."

44

Nachdem Tina und Peter das Haus verlassen haben, gehen Fred und Sven von Zimmer zu Zimmer und suchen mit ihren Blicken jeden Winkel der Räume ab.

„Dieses Schwein", rutscht es Sven raus. „Installiert hier Kameras und beobachtet Frau Walter rund um die Uhr. Und uns jetzt auch. Wenn wir den kriegen, dann garantiere ich für nichts."
Währenddessen streift sein Blick weiter über die Decke des Raumes.
Fred schaut sich nochmals das Bild auf dem Laptop an, auf dem Tina Walter und ihr Lebensgefährte zu sehen sind. Er versucht, sich genau in die Position zu setzen, die Tina auf dem Foto eingenommen hat, um festzustellen, wo sich die Kamera befinden könnte. In genau diesem Augenblick klingelt es an der Tür.

„Das werden die Jungs von der Technik sein. Dann werden wir sie mal reinlassen, damit sie ihre Arbeit machen können."
Fred steht auf und geht zur Haustür.

„Was um alles in der Welt treibt dich dazu, mich um diese Zeit aus dem Bett zu holen", poltert Volker gleich los, als Fred ihm die Tür aufgemacht hat.

„Ich hoffe, du hast wirklich einen guten Grund dafür."

„Und ob ich den habe. Hier ist mal etwas, was wir nicht alle Tage zu sehen kriegen. Da könnt ihr Jungs euch mal richtig beweisen."

Fred führt Volker in das Wohnzimmer und zeigt ihm ohne große Vorreden den Laptop.

„Sieh dir dieses Bild hier an und sage mir, wie du das findest."

Volker setzt sich auf die Couch, zieht den Laptop in Sichtweite und starrt auf den Bildschirm. Fred und Sven beobachten seinen Gesichtsausdruck genau.

„Mhh, da hat sich jemand richtig Mühe gemacht. Ganz schön pervers unser Unbekannter. Oder habt ihr schon jemanden im Visier?"

„Leider nein. Aber ich denke, diesmal hat er einen Fehler gemacht. Laut Aussage von Frau Walter war vor kurzem eine Elektrofirma hier im Haus und hat die Elektrik neu gemacht. Wenn er nicht selber bei der Firma arbeitet, dann muss er jemanden geschmiert haben, der die Kameras hier angebracht hat. In diesem Fall sollte es uns doch hoffentlich gelingen, ihn ausfindig zu machen. Alle Spuren kann er nicht verwischen."

„Und von mir möchtest du jetzt wissen, wo dieses verdammte Ding versteckt ist und ob es noch andere gibt, richtig?"

„Richtig. Ich sehe wir verstehen uns. Wie immer."

Volker sieht sich auch das andere Bild an und runzelt die Stirn.

„Wurde die Frau auf diesem Bild hier schon gefunden?"

„Leider nein. Ich habe alle verfügbaren Streifenwagenbesatzungen angewiesen, die Stadt abzusuchen. Hauptsächlich die touristischen Ziele in der Stadt."

„Warum?"

„Die erste Tote wurde an der Spitze des Alten Hafens gefunden und die zweite an der Wasserkunst auf dem Markt. Es liegt nahe, dass der Fundort dieser Toten auch an einem prägnanten Ort in der Altstadt sein könnte. Mir wäre es lieber, nicht nach so etwas suchen zu müssen. Aber das Foto ist ziemlich eindeutig."

Volker sitzt jetzt so auf der Couch wie vorher Fred, bevor es an der Tür klingelte. Sein Blick gleitet vom Bild des Laptops an die Wand und an die Decke des Zimmers. Jeden Zentimeter tastet er mit seinen Augen ab, um schließlich in der Ecke rechts oben hängen zu bleiben.

„Frau Walter hat eine Alarmanlage, richtig?"

„Da haben wir bisher nicht drauf geachtet, muss ich zu unserer Schande gestehen."

Volker steht auf und geht zur Eingangstür. Oben auf der Tür befindet sich ein kleiner Magnetkontakt und im Bereich des Windfanges hängt an der Wand das Bedienteil für die Alarmanlage.

Fred und Sven schauen etwas bedeppert aus, weil sie auf dieses Detail nicht geachtet haben. Volker grinst.

„Das ist nicht schlimm. Nur etwas komisch für Leute, die bei der Kripo arbeiten und dafür einen Blick haben sollten."

„Blödmann", sagt Fred und muss lachen. Sie kennen sich schon zu lange, um sich so etwas übel zu nehmen. Volker geht zurück in das Wohnzimmer und bleibt unter dem Bewegungsmelder in der Ecke der Zimmerdecke stehen.

„Ich vermute, das derjenige, wer immer es war, das Teil in dem Melder eingebaut hat."

Er lässt sich von seinem Kollegen eine Leiter aus dem Auto bringen und montiert den Bewegungsmelder ab. Vorsichtig öffnet er das Gehäuse. Sofort kommt ein Piepton aus der Anlage, der die Störung signalisiert. Alle Schauen gespannt auf das Innenleben des Melders. Triumphierend hält Volker ein kleines Teil hoch. Es ist nur ein paar Millimeter groß.

„Da haben wir den Übeltäter. Mal sehen, wo die anderen ungebetenen Gäste stecken".

45

Er wacht neben seiner eigenen Kotze auf dem Küchenfußboden auf und kriegt beim Anblick und Geruch davon schon wieder das Würgen. So schnell, wie es in seinem benebelten und üblen Zustand möglich ist, steht er auf und beseitigt den Dreck so gut es geht. Viel Zeit nimmt er sich dafür nicht. Mit der Mail an Tina hat er Mist gebaut, das weiß er. Deshalb muss er schnell an den Rechner. Den Eimer mit dem Wischwasser lässt er mitten in der Küche stehen und schaltet sofort den Rechner an. Beim

Anblick der Fotos, die aufploppen, stöhnt er und lässt sich erschöpft und mutlos in den Stuhl fallen. Nach und nach verschwinden die Fotos vom Bildschirm. In den Aufzeichnungen sieht er die Polizisten im Haus und das sie die Kameras entdeckt haben. Dieser Fehler ist nicht wieder gut zu machen. Damit setzt er sich selbst unter Druck. Sein Zeitplan gerät ins Wanken. Er muss die Sache mit Tina beschleunigen, bevor die Polizei ihm auf die Spur kommt.

46

Viel Schlaf haben Peter und Tina diese Nacht nicht mehr bekommen. Sie kühlt ihre Augen mit einem kalten Waschlappen, den Peter ihr gebracht hat. Es lindert ein bisschen die gequollenen Lider. Peter hat in der Zwischenzeit Frühstück gemacht und sich um Puschel gekümmert, die sich in der neuen Umgebung nicht besonders wohl fühlt.

Beide sitzen am Frühstückstisch und kauen schweigend vor sich hin.

„Er. Oder wer es auch immer ist, hat mich und uns die ganze Zeit beobachtet. Das ist so unfassbar. Außerdem hat er drei Frauen ermordet, die ich kannte. Und immer wieder hat er mir eine Mail geschickt mit Bildern. Warum? Wem habe ich etwas getan, dass er mir und den anderen Frauen so etwas antut? Wer hasst mich so sehr, dass er dafür Menschen umbringt? Und warum hat er nicht gleich mich umgebracht, wenn er nur mich damit treffen wollte? Warum Grit, Nadine und Irina? Sie können ihm doch nichts getan haben?"

In all diesen Fragen ist Tinas Verzweiflung zu spüren. Peter nippt an seinem Kaffee und sieht Tina über den Rand der Kaffeetasse an.

„Eigentlich hast du dir mit deinen Fragen die Antwort selbst gegeben. Er wollte nichts von den anderen Frauen. Ihm geht es nur um dich. Die anderen sind ihm egal. Die Mails an dich beweisen das. Er wollte, vom ersten Mord an, dass du es sofort weist. Außerdem standen alle drei Frauen dir in irgendeiner Weise nahe. Wenn zum Teil auch nur oberflächlich oder flüchtig. Aber du kanntest sie und sie kannten dich. Euch verbindet also anscheinend nur die Tatsache, dass du diese Frauen gekannt hast. Oder kannten die drei sich auch untereinander?"

„Auf keinen Fall. Das hätte ich gewusst. Aber ich glaube, du hast Recht. Immer wieder bekomme ich diese Mail und werde mit den Morden sofort konfrontiert. Derjenige weiß genau über mich Bescheid. Er muss mein Leben ausspioniert haben. Wie könnte er sonst wissen, mit welchen Frauen ich jemals Kontakt hatte?"

„Genau. Er hat nur Interesse an dir. Aber wem sollst gerade Du etwas getan haben. Du zählst doch eigentlich zu den Menschen, die man Philanthropen nennt."

Tina stellt ihre Kaffeetasse ab und schaut Peter ernst an.

„Das musst du mir bitte mal erklären. Was ist denn Bitte schön ein Philanthrop?"

Peter lacht. „Diese Personen haben ein menschenfreundliches Denken und Verhalten. Sie unterstützen gerne ärmere Menschen und bringen sich auch in gemeinnützigen Einrichtungen und Verbänden ein. Der Begriff stammt aus der Antike."

Tina hebt abwehrend die Hände.

„Okay. Das reicht. Mehr Erläuterungen zu dem Thema möchte ich nicht haben. Auf alle Fälle gibt es da einen Menschen, der mich hasst. Ich weiß noch nicht warum, und wer er ist. Aber ich bekomme es raus. Ich finde ihn."

Peter schaut sehr erstaunt in Tinas Gesicht.

„Ich mache mir große Sorgen. Was du da sagst, gefällt mir nicht."

Tina lächelt Peter an.

„Du musst dir keine Sorgen machen. Es ist alles gut. Ich weiß, was ich tue."

Die Sorgenfalten auf Peters Stirn werden immer tiefer. So kennt er Tina nicht und ihr lächeln wirkt nicht echt.

„Soll ich dich nachher zur Polizei begleiten?", fragt Peter.

„Nein. Ich schaffe das allein. Hoffentlich sind sie in meinem Haus fertig und ich kann mit Puschel wieder zurück. Der Gedanke, dass ich ständig beobachtet wurde, macht mich wahnsinnig wütend und es ist sehr unheimlich. Ich kann nur hoffen, dass sie alle Kameras gefunden haben."

Peter nickt zustimmend. Tina krault Puschel den Kopf, die unter dem Tisch um ihre Beine schleicht. Peter lächelt.

„Siehst du, so schlecht gefällt es Puschel hier auch nicht."

47

Als Gudrun und Gerd am Morgen im Büro erscheinen, sehen sie in die müden Gesichter von Fred und Sven. Beide sind fassungslos, als sie die Ereignisse der letzten Nacht hören.

„So ein Schwein", entfährt es Gerd. „Als wenn die Morde nicht schon schlimm genug sind, da macht er dann noch sowas."

„Wer sagt dir das es ein – er - ist", fragt Sven.

„Na Frau Walter scheidet doch nun wohl aus unserem Kreis der Verdächtigen aus", mischt sich Gudrun ein.

Ihr Blick bleibt auf dem müden Gesicht von Fred hängen und sie hat Mitleid mit ihm. Dieser Fall verlangt allen gerade viele Nerven ab, aber Fred trägt als Chef doch immer die Verantwortung für alle. Zuweilen zermürbt ihn das sehr. Gudrun weiß, dass er schon darüber nachgedacht hat, in eine andere Abteilung versetzt zu werden.

Gerd ist inzwischen auf den Flur gegangen und kommt mit den dampfenden Kaffeetassen auf dem Tablett durch die Tür. Sven und Fred stehen vor der großen Tafel mit den Notizen und Bildern. Fred gähnt ausgiebig, der Schlaf der letzten Nacht fehlt. Er sieht Gudrun an.

„Die Daten der Elektrofirma, die bei Frau Walter gearbeitet hat, habe ich dir aufgeschrieben. Rufe dort an und lass dir die Namen der Monteure geben, die hier in Wismar bei Frau Walter waren. Nur so können die Kameras in die Bewegungsmelder gekommen sein."

Während Gudrun auf die Notizen von Fred schaut, platzt der Diensthabende aus der Leitstelle ins Büro. Er steht pustend in der Tür.

„Eine Streifenwagenbesatzung hat die Tote an der Marienkirche im Bereich der Alten Schule gefunden."

Gudrun legt sofort die Notizen zur Seite und alle vier machen sich sofort auf den Weg dorthin. Die Stimmung im Auto ist gedrückt. Es ist die dritte Tote innerhalb kürzester Zeit und vom Täter wissen sie immer noch nicht viel.

Sie parken auf dem Gehweg im Bereich vor der Alten Schule und sehen schon die Absperrung und Volker. Er steht vor der Toten und beobachtet die Ärztin, die sich über die Tote gebeugt hat. Sie begrüßen sich nur mit einem knappen „Moin".

„Tja. Unterschiede zu den anderen Morden haben wir in diesem Fall schon", beginnt Frau Dr. Müller an Fred und seine Kollegen gewandt. „Außer den Würgemerkmalen am Hals gibt es eine Platzwunde am Hinterkopf. Die Frau ist, wie ihr seht, völlig bekleidet. Die Farbe auf dem T-Shirt im vorderen Bereich sieht aus wie ein N, was euch sicherlich bekannt vorkommt. Todeszeitpunkt und alles andere schicke ich euch wie immer im Bericht zu."

Sie nickt kurz in die Runde und ist schon verschwunden. Volker packt ebenfalls seine Sachen zusammen.

„Spuren wie in den anderen beiden Fällen gleich null. Das Zeichen auf dem Oberkörper sieht eindeutig wie ein N aus. Damit habt ihr die drei Buchstaben TIN."

Auch Volker ist anzumerken, dass diese Morde nicht spurlos an ihm vorbeigehen. Er schaut Fred an.

„Wenn es der gleiche Täter ist, dann wurde er vermutlich gestört oder ist aus einem anderen Grund von seinem bisherigen Muster abgewichen. Die farbliche Kennzeichnung deutet auf den gleichen Täter hin, jedoch nicht die Art, wie er sie umgebracht hat. Die ist diesmal völlig anders. Wenn es bei den anderen Morden wie ein Ritual aussah, wirkt es für mich diesmal überstürzt und hektisch. Ich glaube, ihr solltet euch beeilen, das hier wirkt sehr konfus."

Fred atmet tief durch.

„Ich weiß. Wir tun alles, was wir können."

Dann klopft er Volker auf die Schulter und er geht.

Der Kaffee den Gerd geholt hatte, ist inzwischen kalt geworden. Schweigend setzen sie sich an den Tisch.

Gudrun hat währenddessen mit der Elektrofirma gesprochen und unterbricht die Stille.

„Die Firma hatte zu dem Zeitpunkt, als die Arbeiten bei Frau Walter gemacht wurden, einen Leiharbeiter aus einer Zeitarbeitsfirma. Der war mit im Haus und ist dann zwei Tage später wieder gegangen. Mit der Zeitarbeitsfirma spreche ich gleich noch. Mal sehen was die zu dem Mitarbeiter sagen."

„Was machen wir jetzt mit Frau Walter", wirft Sven ein.

„Meiner Meinung nach ist sie mehr als in Gefahr. Entweder bringt der Täter noch eine Frau um oder die nächste ist Frau Walter selbst. Die drei Buchstaben TIN sprechen für sich."

„Ja." Fred gibt ihm recht. „Rufe bitte sofort bei der Zeitarbeitsfirma an, Gudrun. Es ist wichtig, dass wir mit dem Typen reden können, der bei ihr im Haus gearbeitet hat. Vielleicht hilft uns das schon weiter."

Während Gudrun telefoniert, klopft es an der Tür. Gerd ruft „Herein" und Frau Walter betritt das Büro.

„Guten Tag. Ich sollte mich heute melden. Kann ich wieder in mein Haus?"

Fred deutet ihr an sich zu setzen. Tina setzt sich auf einen der Besucherstühle und schaut in ernste Gesichter.

„Haben sie Irina gefunden?"

Während sie das fragt, ist ihr Blick nach unten gerichtet. Sie hat Angst, wieder mit Weinen anzufangen.

Fred räuspert sich.

„Ja. Wir haben sie gefunden. Unsere Leute von der Technik haben ihr gesamtes Haus durchsucht und mehrere Kameras gefunden und unschädlich gemacht."

Er verkneift sich ganz bewusst, Tina zu sagen, wo überall Kameras angebracht waren.

„Sie können wieder in ihr Haus zurück."

Tina nimmt ihr Schlüsselbund vom Tisch, das Fred ihr hingeschoben hat und steckt es in ihre Handtasche.

„Haben sie die Möglichkeit für ein paar Tage zu Hause zu bleiben? Es ist zu ihrer eigenen Sicherheit. Und könnte unter Umständen ihr Partner, Herr Bessen, während der Zeit bei ihnen bleiben?"

Tina schaut Fred verunsichert an.

„Ja, natürlich. Ich kann auch von zu Hause arbeiten."

„Gehen sie bitte nach Möglichkeit nicht alleine irgendwo hin. Wir haben gesehen, dass sie eine Alarmanlage haben. Ist diese irgendwo aufgeschaltet?"

„Nein. Ich bekomme nur eine Meldung auf mein Handy."

„Wenn ihnen etwas verdächtig vorkommt, dann rufen sie uns bitte sofort an.

„Ja. Mache ich."

Tina steht auf und verabschiedet sich.

Fred haut wütend mit der Faust auf den Tisch. Alle sehen ihn erschrocken an. So einen Gefühlsausbruch kennen sie nicht von ihm.

„Ist ja gut. Das musste mal sein. Wir müssen den Täter finden. Der hört noch nicht auf mit Morden. Gudrun, was ist mit der Zeitarbeitsfirma?"

„Die haben ihren Hauptsitz in Hamburg, wo auch der Mitarbeiter wohnt, den sie entliehen haben. Die Firma selbst weiß nichts über den Typen. Ich habe mit unseren Kollegen aus Hamburg gesprochen und sie gebeten, ihn aufzusuchen und mit ihm zu reden. Aufgrund unserer Situation habe ich darum gebeten, dass so zeitnah wie möglich zu machen, da uns die Zeit wegläuft."

„Okay. Super. Vielleicht kommen wir ja damit weiter."

48

Zögernd tritt Tina aus dem Polizeipräsidium auf die Straße. Die Schlüssel ihres Hauses hält sie fest in der Hand und schaut darauf hinab. Was letzte Nacht geschehen ist, kann sie immer noch nicht begreifen. Der Gedanke daran lässt ihr trotz der Hitze einen kalten Schauer über den Rücken laufen. Vorsichtig sieht sie sich um und weiß nicht wirklich, wonach oder nach wem sie Ausschau hält. Sie atmet tief durch und streckt sich. Nach kurzem Zögern geht sie links in Richtung Altstadt über den Boulevard, vorbei am Netto in der Altwismarstraße und weiter zu Blume 2000. Hier sieht sich Tina die Auslagen vor dem Geschäft an und beschließt, einen Blumenstrauß zu kaufen. Beim Bezahlen an der Kasse wird ihr ganz heiß und sie fühlt sich beobachtet. In diesem Moment bereut Tina, nicht auf schnellstem Weg zum Büro gegangen zu sein und vor allem, nicht gleich Peter angerufen zu haben um sich mit ihm zu treffen. Sie reicht der Verkäuferin das Geld passend zu und verlässt so schnell wie möglich das Geschäft. Gegenüber, im Schatten an der Ecke von Tchibo, sucht Tina Schutz und bleibt erstmal stehen. Mit zusammen gekniffenen Augen versucht sie gegen das Sonnenlicht anzukämpfen und die Menschen in ihrer Umgebung zu erkennen. Meter für Meter taxiert sie die einzelnen Personen, aber niemand fällt ihr besonders auf.

Es ist so weit, denkt Tina. Er, oder wer auch immer mir das hier gerade alles antut, hat sein Ziel erreicht. Ich habe Angst, bin unsicher, fühle mich beobachtet und weiß nicht was als Nächstes passiert. Ist es das, was derjenige will? Oder will er mich auch Tod sehen, wie die anderen drei Frauen mit denen ich bekannt war?

Am liebsten würde ich jetzt die Polizei anrufen, weil ich einfach nur Angst habe, auch nur einen Schritt weiter allein in Richtung meines Büros zu machen, denkt Tina. Wenn Peter nur bei mir wäre. Aber er ist auf Arbeit und muss auch seinen Job machen. Wenn ich im Büro bin, werde ich ihn anrufen, damit er mich abholt und nach Hause bringen kann.

Vorsichtig tritt Tina aus dem Schatten der Hausecke hinaus und geht die Krämerstraße hinunter. Normalerweise genießt sie das Ambiente dieser schönen Häuser mit den Giebeln und dem Blick auf die schöne Löwenapotheke. Aber heute ist das anders.

Sie ist innerlich sehr angespannt und wird das Gefühl nicht los, beobachtet zu werden. Die Morde machen ihr Angst. Auch wenn sie sonst nie ein ängstlicher Typ ist, aber das hier ist anders.

Den Brunnen am Ende der Krämerstraße sieht Tina nur noch aus dem Augenwinkel. Sie wartet den Verkehr in der Breiten Straße ab und geht noch an der Ecke bei Fruchtkontor Ballentin rein. Hier fühlt sich Tina unbeobachtet und etwas Sicherer. Das Fruchtkontor Ballentin hat in Wismar eine lange Familientradition. Auch Tina kennt den alten Herrn Ballentin noch und auch den Sohn, der das Geschäft jetzt übernommen hat. Mit der Frau von dem jungen Inhaber versteht Tina sich gut. Immerhin kauft sie hier regelmäßig frisches Obst und Gemüse. Die Wismarer schätzen diesen kleinen Laden an der Ecke zur Bohrstraße nicht nur wegen der Frische der Waren, sondern auch wegen der netten Bedienung.

Eigentlich möchte Tina nichts kaufen, da sie nur in das Geschäft geflüchtet ist, weil sie sich beobachtet gefühlt hat. Aber ohne etwas zu kaufen, mag sie jetzt auch nicht wieder gehen. Sie nimmt ein Kilo Äpfel, macht noch einen kleinen Small Talk mir der netten Verkäuferin und verlässt das Geschäft wieder.

Getrieben von Angst und dem Gefühl beobachtet zu werden geht Tina zielstrebig die Breite Straße entlang. Auch das Geschrei der Möwen, das sie sonst so vertraut und heimatlich wahrnimmt, registriert sie nicht. Noch während des Gehens holt sie den Schlüssel für das Büro aus der Tasche und hält ihn griffbereit in der Hand. Kurz vor dem Ziegenmarkt, auf der rechten Seite der Breiten Straße, erreicht Tina endlich erleichtert ihr Büro. Fast im Laufschritt nimmt sie die fünf Stufen bis zur Tür ihres Büros. Sei schließt hinter sich zu und lehnt tief atmend mit dem Rücken an der Tür. Ihr Blick gleitet über die Einrichtung des Raumes, die kleine Sitzgruppe in der hinteren Ecke, ihr Schreibtisch und die kleine Küchenecke mit Waschbecken und dem WC dahinter. Beim Anblick des Raumes kommen ihr die Tränen. Sie ist ein wenig stolz auf das, was sie sich in ihrem Leben bisher geschaffen hat. All das Schöne wird ihr im Moment zerstört, weil ein Irrer Morde begeht und diese in irgendeinem Zusammenhang mit ihr stehen.

Sie wischt sich mit dem Handrücken die Tränen aus dem Gesicht und stößt sich von der Tür ab. Die eindringlichen Worte der Polizei nimmt sie ernst und sucht sich auf dem Schreibtisch ihre Arbeiten zusammen, die sie mit nach Hause nehmen will. Tina setzt sich und ruft Peter an, damit er sie nachher aus dem Büro abholen kann. Ihr Blick ist starr auf den Schreibtisch gerichtet und Tina lässt einige Momente ihres Lebens Revue passieren.

Mit Grit hat sie gemeinsam nach der zehnten Klasse die Lehre begonnen. Während dieser Zeit sind sie zu guten Freundinnen geworden und haben viel miteinander erlebt. In Gedanken sieht sie sich selbst, Grit und Jan vor sich, wie sie gemeinsam flirten und Witze reißen. Bei dem Gedanken muss Tina, trotz der Traurigkeit der Situation, sogar etwas lächeln.

Und Nadine, mit Nadine hatte ich eine supernette und tolle Kollegin. Wir konnten uns immer aufeinander verlassen und die Arbeit hat richtig Spaß gemacht.

Mit Irina war das zu Anfang ganz anders. Als ich nach Wendorf in die Wohnung gezogen bin, dachte ich immer, Irina mag mich nicht. Sie wirkte immer so kalt und abweisend. Aber da habe ich mich geirrt. In Wirklichkeit war sie einfach nur sehr zurückhaltend und eher der ängstliche Typ. Deswegen kamen wir auch erst nach langer Zeit ins Gespräch und merkten dann, das eine gesunde Skepsis auf beiden Seiten da war. Danach haben wir uns dann prima verstanden.

Und jetzt? Alle drei sind Tod, wurden brutal ermordet und haben mit Sicherheit auch noch furchtbar gelitten. Und das alles wegen mir? Tina schüttelt den Kopf, legt sich die Hände vor das Gesicht und könnte losschreien. Am liebsten würde sie sich alle Angst und dieses ganze Elend aus dem

Leib brüllen, in der Hoffnung, das dann alles vorbei ist und es nur ein böser Traum gewesen ist.

Das Geräusch der sich leise öffnenden Haustür reißt Tina aus ihren schrecklichen Gedanken. Sollte Peter schon kommen? Sie blickt auf die Uhr. Nein, so früh kann er noch nicht da sein. Die Tür klappt zu und Tina lauscht in den Flur hinaus. Die Eigenheiten der Bewohner des Hauses kennt sie schon. Die meisten poltern immer ziemlich laut durch das Treppenhaus nach oben. Jetzt aber ist nichts im Treppenhaus zu hören. Tina atmet erleichtert auf, wahrscheinlich hat sich jemand im Haus geirrt und ist gleich wieder raus gegangen, denkt sie sich. Sie greift nach ein paar Unterlagen auf dem Schreibtisch und hält plötzlich inne. Das leise Knarren der fünf Treppenstufen verrät ihr, das jemand im Flur ist. Ihr Schlüssel steckt von innen im Schloss und sie weiß, dass sie die Tür verschlossen hat.

Das hat sie bisher noch nie gemacht. Die Tür ist sonst immer offen. Nur heute ist sie verriegelt.

Tina traut sich kaum, zu atmen. Ihren Herzschlag spürt sie bis in den Hals und kalter Angstschweiß tritt ihr auf das Gesicht. Die leisen Schritte auf der Treppe kommen dichter und nähern sich ihrer Tür. Angstvoll schaut sich Tina im Raum nach einer Fluchtmöglichkeit um. Mit Ernüchterung muss sie feststellen, dass es keine gibt. Einzig würde der Sprung aus dem Fenster bleiben, aber das wagt sie sich zurzeit nicht. Wie erstarrt sitzt sie auf ihrem Bürostuhl und starrt zur Tür. Es ist jetzt kein

Geräusch mehr zu hören. Aber Tina weiß, da steht jemand vor ihrer Tür. Sie atmet ganz flach aus Angst, die Person vor der Tür könnte sie hören. In diesem Moment sieht sie, wie sich die Türklinke ganz langsam nach unten bewegt. Tina muss einen Schrei unterdrücken und hält sich die Hände vor den Mund. Die Türklinke verharrt in der heruntergedrückten Stellung für ein paar Sekunden. Es wird leicht an der Klinke gerüttelt und dann nimmt sie ihre Ausgangsposition wieder ein. Tina lauscht angestrengt in Richtung Tür. Durch das angekippte Fenster hört sie Stimmen, die sich nähern. Die Haustür wird geräuschvoll aufgestoßen und die Personen gehen laut sprechend nach oben. Schnell steht Tina auf und schaut vorsichtig aus dem Fenster. Sie sieht einen Mann, der sich vom Haus entfernt. Ob er das ist, fragt sie sich.

Mit vor Angst zitternden Händen sucht sie die Unterlagen zusammen und legt alle sorgfältig in eine Mappe. Dann schreibt sie Peter eine WhatsApp, in der sie ihn bittet, sie anzurufen, wenn er vor der Tür steht.

Nun sitzt sie da, die Mappe mit den Unterlagen auf dem Schoß, ihr Handy liegt vor ihr auf dem Tisch und ihr Blick wechselt immer zwischen dem Handy und der verschlossen Bürotür hin und her.

49

Seit dem Fund der toten Frau sind nun schon einige Stunden vergangen, in denen der Frust bei Fred Förster und seinem Team beachtlich zugenommen hat. Alle arbeiten fieberhaft an den spärlichen Informationen, die ihnen vorliegen. Das Klingeln des Telefons reißt alle aus ihren Gedanken. Gudrun nimmt das Gespräch entgegen.

„Ach, na das ist ja interessant", hören die anderen sie sagen und blicken gespannt auf.

„Das kann ja wohl nicht wahr sein", entfährt es Gudrun und sie signalisiert den anderen mit einem Daumen nach unten nichts Gutes. Nach ein paar Minuten beendet Gudrun das Gespräch und sieht frustriert aus.

„Das waren unsere Kollegen aus Hamburg. Sie haben den Typen aus der Zeitarbeitsfirma verhört. Es ist unglaublich. Er hat tatsächlich zugegeben, die Kameras in den Bewegungsmeldern installiert zu haben. Nach seiner Aussage wurde er von irgendeinem Typ angesprochen, der ihm zehntausend Euro angeboten hat, wenn er die Kameras dort platziert. Der Hamburger Polizei ist er kein Unbekannter. Seit ein paar Jahren schlägt er sich schon mit Kleinkriminalität durchs Leben. Es scheint eine arme Sau zu sein. Seine Frau ist ihm weggelaufen, hat einen Haufen Schulden hinterlassen und nun sitzt er wohl auch noch mit einem beträchtlichen Betrag für Unterhaltszahlungen da. Ich weiß, alles keine Gründe um kriminell zu werden. Bisher konnten sie ihm nicht so richtig an die Wäsche. Aber mit diesem Ding hier werden sie ihn endlich aus dem Verkehr ziehen können."

Gudrun ist mit ihrer Berichterstattung fertig und schaut in die Runde.

„Ja", fragt Sven verwirrt. „War das alles? Was ist mit dem, der ihn angesprochen hat. Gibt es keine Personenbeschreibung?"

„Leider nein. Er hat den Einbau zugegeben, den Empfang des Geldes auch und dann hat er dicht gemacht. Es war nichts mehr aus ihm heraus zu holen."

„Den würde ich mir gerne mal vornehmen", platzt Gerd raus und hebt dabei die Faust hoch. „Was denkt ihr, wie der singen würde."

„Mit solchen Methoden kommen wir auch nicht weiter", sagt Fred beschwichtigend.

„So eine verdammte Kacke. Hoffentlich verknacken sie den Typen ordentlich. Was ist eigentlich mit den Kameras. Können wir aufgrund der Marke eventuell auf den Verkäufer kommen, um nachzuvollziehen, wer die Dinger gekauft hat? Schließlich sind ja wahrscheinlich mehr als nur zwei mit einer Lieferung gekauft worden", stellt Sven die Frage in den Raum.

Fred winkt ab.

„Ich habe schon mit Volker darüber gesprochen. Die Dinger kannst du überall im Internet kaufen. Und wenn unser Mörder pfiffig genug war, dann hat er nach und nach überall mal eine bestellt. Somit können wir nicht das Geringste nachvollziehen."

Gudrun lässt sich in den Stuhl zurückfallen.

„Wir treten die ganze Zeit auf der Stelle und erreichen gar nichts. Unser Mörder hat jetzt schon drei Frauen umgebracht und wir haben nichts in der Hand. Ganz im Gegenteil. Wir riskieren gerade noch einen vierten Mord. Frau Walter ist in akuter Gefahr. Wir können nicht von ihr verlangen, dass sie sich zu Hause einschließt, bis wir den Mörder endlich gefunden haben."

Aus den Worten von Gudrun spricht die pure Verzweiflung.

„Was ist eigentlich aus der Suche nach diesem Jan geworden", fragt Fred.

„Die ist in einer Sackgasse gelandet", antwortet Sven. „Es scheint so, das er sich in Luft aufgelöst hat. Das ist mir völlig unerklärlich, da in unserer Bürokratie doch jeder noch so kleine Schiss festgehalten und dokumentiert wird."

Trotz der angespannten Situation müssen alle über die flotte Wortwahl von Sven grinsen.

„Okay", sagt Fred. „Unser Frust bringt uns nicht weiter. Wir müssen uns auf den nächsten Besuch des Bürgermeisters einstellen. Da kommt jede Menge Ärger auf uns zu, auch wenn er uns im Grunde versteht und unterstützt. Aber der Druck der Öffentlichkeit wird auch immer größer. Ich möchte das wir das Umfeld von Frau Walter und den anderen drei Frauen nochmal unter die Lupe nehmen. Dazu gehört auch der Lebensgefährte von Frau Walter. Wir müssen nochmal prüfen, wo er sich zum Zeitpunkt der Morde aufgehalten hat. Bitte so minutiös wie möglich. Nicht das wir da etwas übersehen haben."

Gudrun wird ganz übel.

„Du glaubst doch nicht etwa, das er was damit zu tun haben könnte? Schließlich haben wir Frau Walter gebeten, dass er bei ihr bleiben soll, damit sie nicht alleine ist."

Die Worte von Gudrun haben gesessen. Alle schauen ernst Fred an.

„Ja. Ich weiß. Wir haben ihn ja schon überprüft und nichts verdächtiges gefunden. Aber ich möchte ganz sichergehen, dass wir auch wirklich nichts übersehen haben. Schließlich ist er auch in der Berufsschule gewesen. Zusammenhänge könnte es da schon geben."

„Dann ist es aber keine gute Idee, wenn er sich mit Frau Walter allein in ihrem Haus aufhält", wirft Gerd ein.

„Ja sicher", sagt Gudrun.

„Aber wenn es danach geht, hätte er sie doch schon längst umbringen können. Warum dann der Umweg über die anderen Frauen. Das macht doch irgendwie auch keinen Sinn."

„Von Sinn oder Unsinn müssen wir hier nicht reden. Unser Täter ist krank. Trotzdem mordet er mit System. Das sieht man an den Buchstaben auf den Körpern der toten Frauen. Das macht ihn noch gefährlicher. Er verfolgt einen bestimmten Plan, den wir noch nicht kennen. Wenn jemand im Affekt tötet, da haben wir meistens eher Chancen, ihn zu kriegen. Dieser Fall hier liegt etwas anders. Auch der Lebensgefährte von Frau Walter könnte der Täter sein, wenn er keine wasserdichten Alibis hat."

Fred war noch gar nicht ganz mit reden fertig, da klingelte das Telefon. Sven nimmt das Gespräch entgegen und reicht dann grinsend den Hörer an Fred weiter.

„Der Bürgermeister."

Fred rollt mit den Augen und greift nach dem Telefon.

50

Er sitzt auf dem Balkon im Schatten des Sonnenschirmes. Der Kopf schmerzt ihm vom Alkohol. Nachdem er seinen Rausch ausgeschlafen hat und wieder bei klarem Verstand ist, hat er den Küchenfußboden gründlich gesäubert und alle Gegenstände die auf Irina hinweisen könnten verbrannt. Er weiß, dass er mit dem Foto von Tina und Peter einen Fehler gemacht hat. Schuld ist der verdammte Alkohol. Der hat ihn übermütig werden lassen. Damit ist jetzt Schluss. Er hat sich an die Worte seiner Therapeutin erinnert und versucht, seinen derzeitigen Stimmungsschwankungen durch Entspannung zu begegnen. Jetzt fühlt er sich schon viel wohler. Der kleine Spaziergang heute Vormittag hat ihm gutgetan. Warum es ihn gerade in die Breite Straße zu Tinas Büro getrieben hat, kann er nicht mit Bestimmtheit sagen. Aber das war auch nicht schlimm. Im Schutz der gegenüber liegenden Haustüren hat er gesehen, wie Tina in das Haus gegangen ist. Kurze Zeit später hat auch er das Haus betreten und sich vor ihre Bürotür gestellt. Erwartungsgemäß war diese verschlossen. Bei dem Gedanken daran muss er lächeln. Schade. Wenn er hätte eintreten können, dann wäre der ganze Spuk schon heute beendet gewesen. Aber er ist fast am Ziel seiner Wünsche. Tina hat Angst. Das hat er ihr angesehen. Genau so wollte er sie haben. Verängstigt und eingeschüchtert. Sie soll, genau wie er damals, erfahren, wie es ist vom Leben so betrogen zu werden. Stück für Stück hat er sich in der letzten Zeit in ihr Leben geschlichen und sie mehr und mehr vereinnahmt. Sein Triumph über sie steht kurz bevor. Nur der blöde Peter stört. Den muss er noch irgendwie von Tina weglocken, damit er genug Zeit für sie hat. Wenn er dann wieder kommt, ist sie nicht mehr da. Auch Peters Leben wird er damit zerstören. Er hat es nicht besser verdient. Aber noch ist es zu früh. In der Nähe von Tina laufen die Bullen wie aufgescheuchte Hühner umher. Er muss noch ein paar Tage die Füße stillhalten. Es muss sich alles noch ein bisschen beruhigen, bevor er wieder zuschlagen kann. Nur so kann seine ganze Aktion von Erfolg gekrönt werden.

Die Sonne ist hinter dem Nachbarhaus verschwunden und er kann den Sonnenschirm einklappen. Tief atmet er die gesunde Ostseeluft ein und streckt den Oberkörper. Ein wohliges Gefühl breitet sich in seinem Körper aus. Das empfindet er als ein gutes Zeichen. Er ist auf dem für ihn richtigen Weg.

51

Auf die Zeit hat Tina nicht geachtet. Ihr gehetzter Blick lässt das Handy und die Bürotür nicht aus den Augen. Jetzt ploppt eine Whatsapp-Nachricht auf. Die Mappe mit den Unterlagen legt sie sorgfältig auf den Schreibtisch und greift zu ihrem Handy.
Es ist eine Nachricht von Peter. Bin in zehn Minuten bei dir, schreibt er. Tina atmet erleichtert auf. Sie will so schnell wie möglich aus dem Büro heraus und nach Hause.
Wie ein Tiger im Käfig geht sie jetzt auf und ab durch ihr kleines Büro. Zu all der Angst kommt bei ihr jetzt auch Wut hinzu. Wut auf den Unbekannten der ihr das Leben zur Hölle macht und anderen das Leben genommen hat. Sie muss etwas unternehmen.
  Ihr Handy klingelt. Sie stoppt ihr hin und her Gelaufe und sieht im Display, dass Peter sie anruft.
  „Hallo Peter", sagt sie erleichtert, als sie den Anruf annimmt.
  „Ich stehe vor der Haustür", erwidert er und wartet auf Tinas Antwort.

„Ich mache dir die Tür auf", dann legt sie auf.

Tina hört, wie die Haustür geöffnet wird, schließt die Bürotür auf und öffnet diese. Mit Erleichterung sieht sie Peter die Treppe hochkommen.

Statt einer Begrüßung sagt sie nur: „Er war hier. Hier vor meiner Tür und hat versucht, ins Büro zu kommen. Zum Glück hatte ich abgeschlossen, was ich sonst ja eigentlich nicht mache."

„Bist du dir sicher?", erwidert Peter.

„Ja. Er ist ganz leise die Treppe hochgekommen, hat die Türklinke runtergedrückt und leicht an ihr gerüttelt. Das kann nur er gewesen sein. Jeder andere hätte sich in irgendeiner Form bemerkbar gemacht. Da bin ich mir ganz sicher."

Erleichtert, das Peter endlich da ist, nimmt Tina die Mappe vom Tisch, steckt ihr Handy ein und verschließt das Fenster.

„Komm, lass uns gehen. Ich fühle mich hier im Moment nicht mehr wohl. Bleibst du bitte ein paar Tage bei mir?"

Peter lächelt.

„Ja. Natürlich. Das weißt du doch."

Tina verschließt die Bürotür und sie gehen gemeinsam zu Peters Auto, das er vor dem Haus geparkt hat. Sie steigen ein und Tina bittet Peter, das Auto zu verriegeln. Er kommt ihrer Bitte nach und sie fahren los.

„Hast du die Polizei angerufen und ihnen erzählt, dass heute jemand bei dir an der Tür war?"

„Nein. Das habe ich vor lauter Angst und Aufregung komplett vergessen. Ich werde von zu Hause aus anrufen. Dann wissen sie Bescheid."

Kurze Zeit später parkt Peter den Wagen vor dem Haus von Tina und sie steigen aus. In dem ruhigen Wohnviertel würde es auffallen, wenn ein Fremder sich dort herumtreibt. Das gibt Tina ein wenig Sicherheit. Sie betreten das Haus und Puschel ist außer sich vor Freude. Laut schnurrend streicht sie um Tinas Beine. Peter muss bei dem Anblick von Puschel lachen.

„Ihr seid beide schon ein komisches Gespann. Kannst du überhaupt ohne eine Katze leben?"

„Nein", entgegnet Tina lachend.

„Katzen sind Balsam für die Seele. Das ist, glaube ich sogar wissenschaftlich erwiesen. Aber auf alle Fälle tun Tiere immer gut. Ne Puschel. Wir beide verstehen uns prima." Sie krault dem Kätzchen das weiche Fell und beide scheinen glücklich zu sein.

„Vergiss nicht, bei der Polizei anzurufen", erinnert Peter sie. Ihre Gesichtszüge verfinstern sich und Tina wird wieder mit dem Jetzt und Hier konfrontiert. Wenn sie sich um ihr Kätzchen kümmert, sind für kurze Zeit alle Sorgen vergessen. Sie nimmt das Telefon aus der Ladestation und setzt sich in die Couchecke zum Telefonieren. Kurz und knapp schildert Tina die Situation heute Vormittag im Büro und legt dann wieder auf.

„Na, was haben sie gesagt", fragt Peter.

„Mmmhh. Ich möchte bitte vorsichtig sein. Wenn mir etwas verdächtig erscheint, soll ich mich sofort bei ihnen melden. Wenn ich das Haus verlassen möchte, dann bitte nur in deiner Begleitung. Bloß nicht alleine irgendwo hingehen."

Während dieser Aufzählung hat Tina Peter beobachtet. Er hat ihr sehr aufmerksam zugehört.

„Wenn ich morgen früh zur Arbeit gehe und du hier alleine bleibst, dann musst Du mir unbedingt versprechen niemandem die Tür zu öffnen. Egal wer da steht. Du machst deine Büroarbeit von hier aus und wer da vor der Tür steht, kann dir total egal sein. Du machst einfach nicht auf. Versprichst du mir das?"

Tina schaut in sein Gesicht und weiß, er meint es wirklich ernst. Er macht sich Sorgen, denkt sie. Dafür liebe ich ihn.

„Ja. Natürlich verspreche ich dir das. Meine Arbeit wird mich ablenken und außerdem habe ich ja Puschel. Die bringt mich auf alle Fälle auf andere Gedanken."

Tina lächelt Peter an und er gibt ihr einen Kuss auf die Stirn.

„Ich werde jetzt noch ein bisschen in meinem Buch lesen und dann bin ich heute der Küchenchef und bereite uns ein leckeres Abendessen vor."

„Das ist ganz lieb von dir", entgegnet Tina ihm.

Sie hört ihn in der Küche mit dem Geschirr klappern und hat sich im Arbeitszimmer mit Papier und Bleistift bewaffnet. Auf dem großen Stück Papier, das vor ihr liegt, entstehen langsam Kreise mit den Namen von Grit, Nadine und Irina. Ein weiterer Kreis trägt ihren Namen, hinter dem ein großes Fragezeichen steht. Der Kreis, der keinen Namen trägt, verbindet alle anderen Kreise miteinander. Unter Grit steht Lehrzeit, unter Nadine Arbeit und unter Irina privat. Neben Grit platziert Tina noch ein kleines Kästchen mit dem Namen von Jan. Er hat während ihrer gemeinsamen Lehrzeit eine große Rolle in ihrer Beziehung gespielt. Komisch. An Peter kann sich Tina nur dunkel erinnern, obwohl er ja auch während dieser Zeit an der Berufsschule war.

Egal. Umso schöner ist es heute, denkt sie sich.

Mit Nadine und Irina verbindet mich nichts mit einer dritten Person. Wir hatten einfach nur ein nettes Verhältnis zueinander. Tina grübelt und starrt auf ihre Zeichnung. Warum. Warum fragt sie sich immer wieder. Sie nimmt den Bleistift in die Hand und zieht Linien zwischen ihrem Kreis und denen von Grit, Nadine und Irina. Ich kannte alle drei. Untereinander kannten sie sich nicht. Es geht ihm nur um mich. Was ist nur passiert. Wem habe ich etwas getan, dass er mich so sehr hasst. Tina starrt auf ihr Blatt Papier und findet keine Antwort auf ihre Frage.

Sie hört Schritte auf der Treppe. Peter kommt zur Tür herein und stellt sich hinter Tina.

„Was hast du denn da gemacht", entfährt es ihm.

„Ich versuche nur für mich, Klarheit in dieses Chaos zu bringen. Es fällt mir sehr schwer, zu begreifen, dass Grit, Nadine und Irina umgebracht wurden. Sie haben mit Sicherheit ganz furchtbar gelitten bis zu ihrem Ende. Und der Grund dafür bin wahrscheinlich ich."

Während sie das sagt, kommen Tränen und laufen ihr über die Wangen.

„Das ist für mich alles so unfassbar. So etwas liest man sonst nur in einem Kriminalroman oder sieht es im Fernsehen in einem Film. Aber doch nicht hier zu Hause bei uns, in Wahrheit. Das kann doch alles nicht sein."

Jetzt schluchzt sie hemmungslos und lehnt sich an seine Brust. „Komm".

Vorsichtig nimmt er ihren Kopf in seine Hände.

„Das Abendessen ist fertig. Ich habe für uns auf der Terrasse gedeckt."

Tina nickt. Sie wischt sich mit beiden Handrücken die Tränen aus dem Gesicht, nimmt ihr Skizzenblatt in die Hand und folgt Peter die Treppe hinunter. Puschel stromert mit und läuft beiden vor die Füße. Als wenn das Kätzchen weiß, das Tina Sorgen hat.

Sie nimmt ihr Kätzchen auf den Arm und drückt es ganz heftig an sich.

52

„Der Bürgermeister hat für morgen Vormittag zehn Uhr eine Pressekonferenz einberufen. Er bittet uns, vollständig zu erscheinen, um eventuellen Fragen der Presse und der Öffentlichkeit Rede und Antwort stehen zu können. Er wird wie immer sein standardmäßiges Blabla zum Ausdruck bringen und der Rest bleibt dann wieder an uns hängen."

Fred kann seinen Frust über das Telefonat mit dem Bürgermeister kaum unterdrücken. Wie bei den bisherigen Pressekonferenzen wird seine Abteilung wieder dastehen, als würden dort nur inkompetenten Idioten arbeiten. Schließlich sind in Wismar drei Morde geschehen und der Mörder läuft immer noch frei umher.

„Das kotzt mich alles an", gibt Gerd noch seinem Unmut freien Lauf. Gudrun rollt mit den Augen und Sven winkt nur ab. „Ja, da hast du mal ein wahres Wort gesprochen", ergänzt Fred den Kommentar von Gerd.

Gudrun wundert sich, das Fred Gerd tatsächlich mal Recht gibt. Das ist nicht oft der Fall.

Sven hebt den Finger und zeigt Richtung Fred.

„Ich denke, der Bürgermeister hat dir gegenüber letztes Mal signalisiert, das er uns wohl gesonnen ist und wir alle Unterstützung bekommen können, die wir brauchen. Dann dürfte es doch diesmal nicht so schlimm werden. Übrigens hat, während du mit dem Bürgermeister telefoniert hast, Frau Walter angerufen. Als sie heute früh bei uns fertig war, ist sie in ihr Büro gegangen. Da hat sie aus Angst die Tür von innen verschlossen, was sie sonst nicht macht. Kurz darauf hat sie die Tür vom Hauseingang gehört und Schritte auf der Treppe. Dann hat jemand die Türklinke runtergedrückt und auch kurz daran gerüttelt. Sie nimmt an, es war unser Mörder. Erfahrungsgemäß melden sich ihre Mandanten bei ihr an oder rufen kurz vorher nochmal per Telefon durch. Das erschien ihr alles sehr komisch."

„Scheiße", sagt Gudrun und wirft den Bleistift auf ihren Schreibtisch.

„Unser Mörder ist dicht an ihr dran. Das ist nicht gut. Was können wir nur machen, um sie zu schützen. Sie ist sein Opfer, wenn nicht das Nächste dann das Übernächste. Fred, wir müssen etwas tun. So können wir es nicht weiter laufen lassen."
Gudrun wirkt völlig verzweifelt. So haben Sven und Gerd sie auch noch nie im Dienst mit Fred reden hören. Sie sehen sich sehr verwundert an.

Fred kneift kurz die Augen zusammen und sieht Gudrun hinterher ernst an.

„Sicherlich hast du Recht. Aber was sollen wir tun. Wir können Frau Walter nicht einsperren, um sie zu schützen. Haben wir schon Ergebnisse aus der Überprüfung von ihrem Lebensgefährten, dem Peter Bessen?"

„Also", beginnt Sven mit seinen Ausführungen. „Nach dem Mord an Grit Fichtler haben beide ausgesagt, dass sie am Abend Arm in Arm auf der

Couch eingeschlafen sind. Allerdings gab Frau Walter später noch zu Protokoll, das sie gegen halb zwölf Uhr nachts aufgewacht ist, und sich von Peter Bessen beobachtet gefühlt hat. Er wirkte sehr wach und hat auf ihre Frage - wie lange er sie schon beobachtet- nur kurz geantwortet, - noch nicht lange, ich bin auch eben erst wach geworden – . Na ja, er hätte ihr auch ein Schlafmittel in den Wein geben können, um sich dann nochmal vom Acker zu machen. Okay. Mord Nummer zwei an Frau Zimkus. Wieder haben sie den Abend gemeinsam verbracht und sind morgens friedlich nebeneinander aufgewacht. Da deutet nichts auf ein Doppelleben hin. Dann fehlt uns jetzt noch der Mord an Irina Müller. Der hat im Gegensatz zu den anderen beiden natürlich Abweichungen und Besonderheiten. Nicht nur der Mord selber, sondern auch die Mail, die im Anschluss, wie bei den anderen beiden Morden auch, an Frau Walter geschickt wurde. Den Tag davor hatten beide frei. Waren an der Ostsee. Haben noch Erdbeeren in Gramkow gepflückt und sich einen schönen Abend gemacht. Mitten in der Nacht bekommt Frau Walter die Mail. Die sollte sie wahrscheinlich erst am Morgen sehen, aber dadurch das sie nicht schlafen konnte, schaut sie gleich nachts auf ihr Handy. Geht uns ja auch manchmal so. Gleiches Muster wie immer, nur das diesmal ein Bild mit angefügt ist, das die Existenz dieser kleinen miesen Kameras ans Licht bringt. So. Nun sagt ihr mir mal bitte, wann der Peter Bessen die Frauen umgebracht haben soll. Er kann die Walter nicht jedes Mal mit irgendetwas betäuben, schnell aus dem Haus huschen, die mehr oder weniger aufwändigen Morde begehen, um dann wie ein Unschuldslamm wieder neben ihr im Bett zu liegen. Also diese Variante glaube ich beim besten Willen nicht."

Sven schaut in die Runde, aber niemand reagiert auf seine Ausführungen.

Fred räuspert sich.

„Tja. Wenn man das so sieht, dann scheidet der Lebensgefährte von Frau Walter wohl als Täter aus. Die Todeszeitpunkte und die Möglichkeiten, die er zeitlich gehabt hätte, passen nicht zueinander. Auch wenn er uns nicht sonderlich sympathisch ist, müssen wir ihn nicht gleich verdammen. Okay. So kommen wir nicht weiter. Leute, es ist spät. Wir treffen uns morgen wieder. Dann bringen die Pressekonferenz hinter uns und müssen wir alles nochmal durchgehen. Irgendetwas haben wir übersehen. Es kann doch nicht sein, dass wir keinen Anhaltspunkt finden."

Mit diesen Worten kann er seine Verzweiflung nicht besser zum Ausdruck bringen.

53

Nach dem Abendessen haben Peter und Tina noch die Abendsonne auf der Terrasse genossen und dem Zwitschern der Vögel gelauscht. Auf dem höchsten

Zweig der Konifere hat eine Drossel ihnen noch ein Lied gezwitschert. Als die ersten Fledermäuse in der Dämmerung ihre Runden ziehen, gehen sie ins Haus.

Tina kann nicht gleich einschlafen. Sie liegt noch lange wach und grübelt über das Geschehene nach. Letztendlich schläft sie doch vor Erschöpfung ein.

Da sie die nächsten Tage von zu Hause Arbeiten wird, hat sie sich auch keinen Wecker gestellt.

Peter ist schon vor dem Klingeln seines Weckers wach und schleicht sich aus dem Schlafzimmer. Puschel liegt am Fußende von Tinas Bett und hebt nur einmal kurz ihr Köpfchen. Dann kringelt sie sich wieder ein. Peter schmunzelt. Er mag Puschel auch.

Die Geräusche auf der Treppe und das Klappern aus der Küche lassen Tina aufhorchen. Sie muss sich erst daran gewöhnen, nicht allein im Haus zu sein. Sonst ist Peter nur ab und zu für eine Nacht da gewesen. Seine längere Anwesenheit kennt Tina noch nicht. Sie wirft sich den Bademantel über und geht hinunter.

Peter ist verwundert.

„Du kannst doch noch schlafen. Ich mache mir mein Frühstück auch allein, das bin ich doch gewohnt."

Tina schnuppert in Richtung seiner Kaffeetasse.

„Lass dir bloß nicht einfallen den alleine zu trinken."

Er lächelt sie an. In diesem Moment kommt Puschel um die Ecke und streckt ihre Pfötchen.

„Willst du vielleicht auch einen Kaffee?", fragt er sie lachend. Puschel gähnt und lässt sich von Peter kraulen.

Er stellt die Tasse mit dem dampfenden Kaffee vor Tina auf den Tisch. In der Zwischenzeit hat sie die Ostsee-Zeitung aus dem Briefkasten geholt und auf den Tisch gelegt. Solange Peter noch da ist, möchte sie mit ihm Reden, Zeitung lesen kann sie auch noch hinterher.

„Wie lange arbeitest du heute?" Tina pustet vorsichtig über den heißen Kaffee und wartet auf seine Antwort.

„Wenn nichts Tiefgreifendes passiert ist ganz normal bis um vier. Aber man weiß ja nie, was der Tag so bringt. Wenn ich länger machen muss, dann melde ich mich rechtzeitig bei dir. Du musst mir unbedingt versprechen, nicht das Haus zu verlassen. Alles, was eingekauft werden muss, das kann ich auf dem Rückweg mitbringen. Bleib du einfach mal ein paar Tage zu Hause."

Tina sieht in sein gequältes Gesicht. Sie weiß, er macht sich große Sorgen.

Das Arbeiten von zu Hause ist Tina nicht gewohnt. Sie hängt an ihrem kleinen Büro und wird es die nächsten Tage vermissen.

„Mach dir keine Gedanken. Ich habe genug Arbeit und kann das alles bequem von hier erledigen. Es ist sehr ungewohnt für mich, aber das kriege ich schon irgendwie hin. Puschel ist ja auch noch da. Bei ihrer tatkräftigen Unterstützung kann nichts schief gehen."

Tinas Lächeln wirkt sehr verkrampft und Peter weiß, das sie sich gerade selber Mut zugeredet hat.

Er nippt an seinem Kaffee und lässt sie nicht aus den Augen. Ihre Blicke treffen sich und bleiben aneinanderhängen.

„Versprich es mir, bitte", sagt Peter.

„Natürlich", sagt Tina.

„Ich werde das Haus nicht verlassen. Ich habe viel zu viel Angst. Gestern, im Büro. Das muss er gewesen sein. Meine Mandanten melden sich immer an. Da kommt niemand einfach so. Es war fürchterlich. Ich hatte so große Angst."

Tina schaut mit starrem Blick auf den Tisch und Peter nimmt ihre Hand.

„Alles wird gut. Glaube mir. Sie werden den Täter bald finden und dann hast du wieder deine Ruhe."

„Niemals werde ich wieder meine Ruhe finden."

Entgegnet Tina verbittert.

„Vergiss nicht, dass drei Frauen ermordet wurden, die ich kannte. Wie soll ich da jemals wieder meinen inneren Frieden finden. Das geht nicht. Sie wurden umgebracht, weil sie mich kannten."

Tinas Worte berühren ihn sehr. Nur kann er im Moment nicht mehr für sie tun, als einfach nur für sie da zu sein. Wortlos räumt er sein Geschirr vom Tisch und stellt die Butter in den Kühlschrank. Währenddessen starrt Tina weiter auf den Tisch vor sich und hält sich an ihrer Kaffeetasse fest.

Peter umarmt sie von hinten.

„Ich liebe dich."

„Ich dich auch. Es tut mir furchtbar leid, dass ich dir gerade das Leben so schwer mache."

„Das Leben fragt nicht nach Momenten. Es ist einfach da und macht, was es will. Wir können es nicht ändern. Alles ist irgendwie vorher bestimmt und kommt, wie es kommen muss."
Tina sieht ihn zweifelnd an, schüttelt mit dem Kopf und weiß nicht, was sie darauf antworten soll.

Peter geht in den Flur, nimmt seine Jacke von der Garderobe und legt sie über seine Tasche. Tina steht im Türrahmen zur Küche und beobachtet ihn. Sie grübelt noch über seine Worte nach.
Er dreht sich um und schaut in ihr Gesicht. Tina muss lächeln und sie umarmen sich.

„Ich freue mich schon, wenn du heute Nachmittag wieder hier bist."
Haucht sie ihm leise ins Ohr.
Peter streicht ihr über die Wange und verabschiedet sich von Tina.

Tina gibt sich einen Ruck, löst sich vom Türrahmen und setzt sich wieder an den Frühstückstisch. Sie liebt Peter sehr und ist ihm so dankbar, das er sie in dieser schweren Zeit unterstützt. Ohne ihn würde sie das alles nicht durchstehen.
Puschel kratzt am Stuhl und streckt ihre Pfötchen in Richtung Tinas Oberschenkel.

„Komm her meine Süße, heute haben wir mehr Zeit als sonst. Da können wir eine Extrarunde Kuscheln einschieben. Außerdem bleibe ich zu Hause und wir können uns neben der Arbeit einen richtig tollen Tag machen."

Puschel hüpft auf Tinas Schoß und kreischt beim Kraulen vor Freude.

Nachdem Tina geduscht hat und das Küchengeschirr weggeräumt ist, fällt ihr Blick im Esszimmer auf die Ostsee-Zeitung. Da sie ohnehin zu Hause ist, kann sie auch erstmal in Ruhe Zeitung lesen, bevor sie mit ihren Büroarbeiten beginnt.

Die ersten Seiten überfliegt sie schnell, mit dem ganzen politischen Gehetze hat sie nicht viel am Hut. Für die Lokalseiten interessiert sich Tina mehr.

Ihr Blick bleibt auf den Todesanzeigen hängen. Diese stimmen sie immer ein wenig traurig. Als vor vielen Jahren die Anzeigen ihrer Eltern hier standen, hat sie bitterlich geweint. Der Schmerz von damals ist in Wehmut übergegangen. Die Erinnerungen bleiben, auch wenn sie mit der Zeit verblassen.

Sie weiß nicht warum, aber die zweite Anzeige von links liest sie sich immer wieder durch. Wieder und wieder liest sie den Namen des Verstorbenen und die Namen der Angehörigen, die darunter stehen. Warum, fragt sich Tina. Was ist nur damit?

Plötzlich durchfährt Tina ein kalter Schauer. Der Magen kneift sich zusammen und sie weiß, warum sie die Anzeige immer wieder gelesen hat.

Der Verstorbene heißt – Manfred Wagner – und als Angehörige stehen seine Ehefrau Bärbel Wagner und der Sohn Jan Wagner in der Anzeige. Tina durchlebt ein Wechselbad der Gefühle. Nie wäre sie auf den Namen von Jan gekommen. Und dann das. Sie kann es kaum fassen. Am liebsten würde so sofort Peter anrufen, aber bei der Arbeit möchte sie ihn deswegen nicht stören.

Noch bevor Tina mit ihrer eigentlichen Arbeit beginnt, nimmt sie den Hörer und ruft bei der Polizei an.

54

Kurz vor zehn Uhr gehen sie wieder gemeinsam zum Rathaus. Neben verschiedenen Zeitungen ist diesmal auch das lokale Fernsehen erschienen. Sie sehen den Bürgermeister vor der Kamera stehen. Mit ernstem Gesicht gibt er kurze knappe Kommentare.

Fred versucht, unter den Anwesenden den Pressesprecher zu finden. Gerd verfolgt seinen Blick und grinst.

„Wahrscheinlich haben sie Brugsen schon gefeuert. Also ich vermisse ihn nicht."

Der Rathaussaal füllt sich und fast als Letzter erscheint der Bürgermeister in der Tür. Er steuert zielgerichtet auf Fred zu und nimmt ihn zur Seite.

„Grüß dich. Nicht das du dich wunderst, Ingmar Brugsen habe ich vor zwei Tagen gefeuert. Der Ersatzmann hat leider abgesagt, sodass die Stelle zurzeit frei ist, und wir sie ausschreiben müssen. Es muss also erstmal ohne gehen."

„Danke für die Info. Ich habe mich schon gewundert ihn nirgends zu sehen. Noch dazu, wo das Fernsehen hier ist und er sich so gerne präsentiert hat. Ich glaube, die Trauer hält sich allgemein in Grenzen."

Das konnte sich Fred nicht verkneifen.

Ein Lächeln huscht kurz über das Gesicht von Frank und dann macht er sich auf den Weg nach vorne zum Rednerpult.

In gewohnt ruhiger Art die man von ihm kennt begrüßt er die Anwesenden. Im Gegensatz zur letzten Pressekonferenz gibt er diesmal das Wort nicht an Fred ab. Er hat sich im Vorfeld genauestens über den Stand der Ermittlungen informiert und steht nun selber den Fragen Rede und Antwort. Sachlich und mit knappen Sätzen geht er auf die Fragen ein. Einige der Reporter sind sehr ungehalten und haben kein Verständnis dafür, das noch keine brauchbaren Ergebnisse vorliegen. Aber Frank Ditmer lässt sich nicht aus der Ruhe bringen und bleibt entsprechend sachlich. Allmählich werden die Fragen weniger, aber dafür nimmt das Gemurmel im Saal zu. Der Bürgermeister runzelt leicht die Stirn. Auch Fred weiß, dass unter den anwesenden Unmut herrscht. Die Fragen wurden zwar beantwortet, aber auf keinen Fall zufriedenstellend. An dieser Stelle beendet er die Pressekonferenz, verlässt das Rednerpult und geht zu Fred.

Er nickt mit dem Kopf Richtung Tür und beide Verschwinden in den Raum neben dem Konferenzsaal. Fred schließt die Tür und sie sehen sich ernst an.

„Ich weiß", beginnt Fred gleich das Gespräch. „Unsere Fakten sind nicht überzeugend und der Täter hätte schon längst gefasst sein müssen. Du weißt aber auch, dass wir fieberhaft daran arbeiten. Die Ermittlungen laufen sehr zäh, uns fehlt es an weiteren Informationen aus dem Umfeld der Toten und auch aus dem Umfeld von Frau Walter, die ja offenbar Ziel des Täters ist. Da treten wir auf der Stelle. Anscheinend kennt der Täter mehr Details von den Frauen als wir. Die Aussagen von Frau Walter geben auch nicht mehr her."

„Ich weiß. Ich kenne eure Probleme. Trotzdem müsst ihr den Täter finden. Noch einen weiteren Mord können wir uns nicht leisten. Dann kriegen wir mächtigen Ärger und das LKA in Schwerin sieht sich das nicht mehr länger mit an. Ich möchte ungern den Fall abgeben müssen. Bis jetzt konnte ich noch meine schützende Hand über euch legen. Ich weiß aber nicht wie lange das noch gut geht."

Fred atmet tief durch. Er weiß, dass Frank recht hat. Sein Unmut schlägt ihm auf den Magen. Er nickt nur kurz in Richtung des Bürgermeisters und verlässt ohne ein Wort den Raum.

Im Foyer des Rathauses warten Gudrun, Gerd und Sven auf ihn. Sie müssen ihn nicht fragen, wie das Gespräch gelaufen ist. Sein Blick verrät es auch so.

Ohne miteinander zu Reden verlässt die kleine Gruppe das Rathaus. Sie überqueren den Marktplatz, um dann durch die Großschmiedestraße wieder zum Dienstgebäude in die Rostocker Straße zu gelangen.

Im Flur des Gebäudes bleibt Sven in Höhe des Kaffeeautomaten stehen.

„Ich bringe uns erstmal einen großen Topf Kaffee mit."

„Für mich bitte einen Tee", meldet Gudrun sich zu Wort.

Alle anderen verschwinden schweigend im Büro.

Kurz nachdem Sven das Tablett mit dem Kaffee auf den Tisch gestellt hat, klopft es an der Tür und der Diensthabende erscheint.

„Hallo Leute. Während ihr bei der Pressekonferenz wart, hat eine Frau Walter angerufen. Sie hat mich gebeten, euch dringend etwas auszurichten."

Wie elektrisiert schauen alle den Diensthabenden an.

„Nun mach es nicht so spannend und rücke schon raus mit der Info", nölt Gerd gleich los.

Der Diensthabende wirft ihm einen grimmigen Blick zu.

„Sie hat heute Morgen in der Zeitung eine Todesanzeige gesehen. Dadurch ist sie wieder auf den Namen von Jan gekommen. Er heißt Wagner. Jan Wagner. Sein Vater ist gestorben und sein Name sowie der von seiner Mutter standen in der Annonce. Sie meinte, es ist wohl wichtig für die Ermittlungen."

Noch bevor Gerd wieder eine blöde Bemerkung machen konnte, ist der Diensthabende schnell wieder durch die Tür verschwunden.

„Na, wenn das kein Zufall ist", entfährt es Gudrun. „Ich setze mich sofort mit dem Einwohnermeldeamt in Verbindung. Wir müssen ihn so schnell wie möglich in die Dienststelle kriegen zum Verhör."

Während Gudrun telefoniert, sitzen die anderen schweigend über ihren Kaffeetassen. Jeder hofft, dass dieser Jan etwas Licht in das Dunkel bringen kann.

Nachdem Gudrun das Telefonat mit dem Einwohnermeldeamt beendet hat, hält sie triumphierend einen Zettel in die Luft.

„Die Telefonnummer von seiner Mutter. Er ist nicht mehr hier gemeldet. Zu ihm konnten sie mir keine Angaben machen. Ich rufe gleich mal bei der Mutter an."

Fred nickt nur kurz zu Bestätigung in Gudruns Richtung.

Das Gespräch mit dem Bürgermeister lastet noch auf seiner Seele. Hoffentlich kommen sie jetzt weiter. Der Druck von außen nimmt zu und das ist nicht gut für ein vernünftiges Arbeiten.

Sie hören wie Gudrun das Gespräch mit den Worten: „Schön. Dann sehen wir uns gleich", beendet. Gespannt sehen sie zu ihr.

„Wir haben verdammtes Glück gehabt. Er ist noch in Wismar und kommt nachher noch vorbei. Jetzt weiß ich auch, warum wir ihn bisher nicht finden konnten."

„Na da bin ich aber mal gespannt", sagt Sven.

Gudrun rutscht mit ihrem Stuhl an den Tisch heran und nippt an ihrem Tee.

„Nun mach es bloß nicht so spannend", regt sich Gerd gleich auf.

„Also. Jan ist gleich zur Wende ausgewandert nach Kanada. Warum das hier nicht ersichtlich war, kann ich zwar nicht verstehen, aber nur das kann der Grund gewesen sein, dass wir bei den Ämtern nichts gefunden haben. Seine Eltern hat er höchstens einmal im Jahr besucht. Jetzt wo sein Vater verstorben ist, ist er natürlich sofort zu seiner Mutter gekommen. Aber lange will er nicht bleiben. Wenn die Trauerfeierlichkeiten vorbei sind, dann reist er wieder ab. Warum wir mit ihm reden wollen, habe ich ihm am Telefon nicht gesagt. Nur so viel, dass es sehr dringend ist."

„Na da bin ich aber gespannt, ob er uns weiterhelfen kann", sagt Fred.

55

Viel gönnt er sich in seinem tristen Alltag nicht.

Sein Leben ist von Hass bestimmt, den er jetzt langsam abbaut, in dem er mordet und sich der Person nähert, die ihm seiner Meinung nach alles Schlechte im Leben eingebrockt hat. Warum Tina auch gerade mit Peter zusammen sein muss. Gerade der. Bei dem Gedanken daran muss er lächeln. Es ist aber kein freundliches Lächeln. Sein Gesicht wirkt dabei angeekelt, als wenn er auf etwas Faules gebissen hätte. Auch Peter ist nicht ganz unschuldig an dem, wie sich sein Leben nach der Lehrzeit gestaltet hat.

Nachdem er heute Morgen die Anzeige in der Zeitung gelesen hat, war er innerlich sehr aufgebracht. Er kann es nur vermuten, aber die Wahrscheinlichkeit liegt nahe, dass Jan sich in Wismar aufhält. Gerade den kann er zurzeit überhaupt nicht gebrauchen. Er kann nur hoffen, dass Jan sich nicht mit Tina in Verbindung setzt. Die Anwesenheit von Jan in Wismar bringt alle seine Pläne in Gefahr. Für den hoffentlich unwahrscheinlichen Fall, dass Tina der Polizei von Jan erzählt hat, hat er keinen Plan. Wenn die Polizei die Einzelheiten von damals erfährt, fliegt seine Deckung auf und er ist der Polizei ausgeliefert. Das darf unter keinen Umständen passieren. Er muss etwas tun, um den Verdacht in eine andere Richtung zu lenken. Sonst sind all die Jahre für umsonst gewesen, in denen er auf die Vergeltung gewartet hat und sich genau auf diesen Moment vorbereitet hat. Seine Nervosität nimmt eine Form an, die für ihn selber auch bedrohlich wird. Er kann sich nur noch sehr schwer konzentrieren und neigt zu unkontrollierten Handlungen.

Hoffentlich reist Jan so schnell wie möglich wieder ab.

56

Der Anruf bei der Polizei hat Tina zum einen beruhigt, zum anderen aber auch beunruhigt. Hoffentlich kommt die Information auch bei Kommissar Förster an. Der Diensthabende hat am Telefon nicht gerade einen vertrauenserweckenden Eindruck auf Tina gemacht. Aber sie kann im Moment nichts anderes machen als zu hoffen, das er die Information auch weiterleitet.

Sie hat die Zeitung beiseitegelegt und auf dem Tisch ihre Unterlagen ausgebreitet. Ein paar Anfragen bezüglich ihrer Preisliste kann sie schnell beantworten. Von einigen Bestandskunden hat Tina aufwendige Tabellen im Excel zu bearbeiten, die mit Formeln nur so übersät sind. Das erfordert ihre ganze Konzentration. Viele Verknüpfungen innerhalb der Tabellen müssen beachtet werden, damit zum Schluss das Ergebnis auch stimmt. Aber genau deshalb bekommt sie diese Aufträge. Die Auftraggeber wissen ihre Gewissenhaftigkeit zu schätzen. Sie ist auch sehr stolz darauf, sich in den vielen Jahren ihrer Selbstständigkeit diesen Status erarbeitet zu haben.

Durch das Klingeln ihres Handys wird sie in ihrer Arbeit unterbrochen. Im Display erscheint eine Handynummer, die Tina nicht kennt. Ohne Zögern nimmt sie das Telefonat entgegen, schließlich ist das ja auch ihr Diensthandy. Der männliche Anrufer spricht mit leichtem Akzent. Er möchte eine Studienarbeit geschrieben haben.

„Durch die Uni bin ich immer stark eingebunden. Die Vorlesungen und so, sie verstehen bestimmt. Ich würde mich deswegen gerne mit ihnen ungefähr um fünf Uhr treffen können. Die Kladde bringe ich dann mit. Wie sieht es bei Ihnen um diese Uhrzeit aus?"
Tina überlegt kurz. Nach halb fünf macht sie ungern Termine. Irgendwann muss sie ja schließlich auch Feierabend haben. Aber das Geld ist auch nicht von der Hand zu weisen.

„Okay. Können wir machen. Wo wollen wir uns treffen?"

„Mmmhh. Gerne beim New Orleans. Da können wir dann bei einem Glas Bier alles in Ruhe durchgehen. Was halten sie davon?"
Tina überlegt kurz. Typisch Studenten. Gemütlich beim Bier die Abschlussarbeit besprechen. Diese Leichtigkeit würde sie sich für sich selber auch mal wieder wünschen. Aber die Zeit ist wohl schon lange vorbei.

„In Ordnung. Dann sehen wir uns heute um fünf beim New Orleans. Aber sie besorgen den Tisch", sagt sie noch lachend hinterher.
Das Telefonat hat sie wieder etwas aufgemuntert. Es gibt noch Menschen, die mit beiden Beinen im Leben stehen und Humor haben.
Tina widmet sich wieder ihren Exceltabellen und vergisst alles um sich herum. Als die Wanduhr zwölfmal gongt, schaut sie erschrocken hoch.

Da sie keinen besonders großen Hunger verspürt, gießt sie sich in der Tasse nur eine kleine Gemüsebrühe auf. Die dampfende Tasse steht nun neben ihrem Laptop auf dem Tisch und verbreitet einen angenehmen Geruch von Kräutern. Langsam nippt sie an der noch heißen Brühe.

So langsam nähert sie sich in den Tabellen dem Ende. Froh darüber, lehnt sie sich kurz auf dem Stuhl zurück.

Puschel nutzt sofort die Chance, um auf ihren Schoss zu springen.

„Du kleines Luder. Du weißt doch ganz genau, dass ich das beim Arbeiten nicht möchte. Und trotzdem sitze ich jetzt wieder hier und kraule dich. Du und dein verdammter kleiner Dickkopf."

Tina krault ihr lächelnd das Köpfchen.

Nach einigem Hin und Her entscheidet sie sich doch, bei Peter anzurufen.

Zum Glück steckt er nicht gerade in einem Meeting und kann ungezwungen mit Tina erzählen.

„Ich habe heute Morgen in der Zeitung die Todesanzeige von Jans Vater gesehen. Da ist mir dann natürlich auch gleich der Nachname wieder bewusst geworden. Wagner. Es ist Jan Wagner. Du musst ihn doch auch noch von damals kennen. Sagt dir der Name denn gar nichts?"

Peter ist für einen Moment ruhig am Telefon. Dann antwortet er.

„Doch. Ja. Jetzt wo du mir den Namen gesagt hast, erinnere ich mich auch dunkel an ihn."

Tina ist hellhörig geworden. Warum ist Peter so reserviert am Telefon, wo sie doch endlich den Namen von Jan gefunden hat, nach dem sie so lange gesucht haben.

Etwas skeptisch fragt sie Peter: „Ist alles in Ordnung mit dir?"

„Ja. Natürlich. Du weißt doch, ich bin auf Arbeit."

Das kann Tina im Moment nicht so richtig glauben, schließlich telefonieren sie nicht das erste Mal während Peter auf Arbeit ist. Aber es ist nicht der richtige Zeitpunkt, um mit ihm darüber zu diskutieren.

„Na ja, ich wollte dir auch nur sagen, dass wir Jan jetzt endlich gefunden haben und er mit ein bisschen Glück sogar noch in Wismar sein könnte. Aber das weiß ich natürlich nicht. Das ist nun Sache der Polizei."

Nach kurzem Schweigen erwidert Peter: „Meinst du wirklich, das er in Wismar ist?"

„Na entschuldige mal bitte. Sein Vater ist gestorben und seine Mutter muss mit allem alleine klar kommen. Da liegt die Vermutung ja wohl nah, dass er, als Sohn, seine Mutter bei allem etwas unterstützt."

Tina ist ein wenig entsetzt über die Reaktion von Peter. Damit hat sie nicht gerechnet. Sie dachte, auch Peter wäre froh, wenn die Polizei mit Jan reden kann. Schließlich hoffen alle, dass er noch mehr zu der Zeit von damals sagen könnte.

Kopfschüttelnd legt Tina ihr Handy zur Seite und widmet sich wieder ihrer Arbeit.

57

Jan Wagner erscheint pünktlich kurz vor eins im Präsidium.

Die Anspannung von Fred, Gudrun, Sven und Gerd ist äußerlich nicht zu spüren. Sie geben sich gelassen, obwohl sie im Inneren sehr nervös sind. Schließlich erhoffen sie sich von Jan Wagner Informationen, die ihnen bei dem was Geschehen ist, weiterhelfen um den Täter zu finden.

Nach kurzem Klopfen betritt er das Büro.

Jan ist ungefähr ein Meter achtzig groß, hat eine schlanke Figur, helles kurzes lockiges Haar und eine angenehme braune Gesichtsfarbe. Sein Äußeres wirkt weder angespannt noch nervös. Er macht alles in allem einen absolut entspannten Eindruck.

„Bitte nehmen sie platz", sagt Fred und zeigt auf die Stühle vor seinem Schreibtisch.

Nach einem knappen: „Hallo", nimmt Jan Wagner auf einem der Stühle platz. Erwartungsvoll schaut er in die Runde.

Fred räuspert sich.

„Erst einmal mein aufrichtiges Beileid zum Tod ihres Vaters. Traurigerweise ist dieser Anlass aber Glück für uns, das wir sie sprechen können. Am Telefon wollten wir nicht mit ihnen über die

Ereignisse reden die uns veranlasst haben, sie hierher zu bitten. Ich möchte da auch nicht lange um den heißen Brei herum reden. Unter Umständen hat ihnen ihre Mutter auch schon erzählt, dass in Wismar Morde geschehen sind. Wir sind aktuell mit der Aufklärung beauftragt."

Fred macht eine kurze Pause, um zu sehen, wie Jan darauf reagiert.

„Ja. Meine Mutter hat mir erzählt, dass von Morden in der Zeitung berichtet wurde. Aber Genaueres konnte sie mir auch nicht sagen. Sie dürfen nicht vergessen, meine Mutter ist weit über achtzig Jahre. Andere sind in diesem Alter sicherlich noch richtig fit, was das Gedächtnis betrifft. Aber leider ist das bei ihr nicht so. Mein Vater war geistig noch voll auf der Höhe, aber da hat nun leider das Alter seine Spuren hinterlassen. Der Körper und vor allem das Herz wollten nicht mehr. Soll der alte Körper nun zur Ruhe kommen. Er hat es verdient."

Eine gewisse Traurigkeit schwingt in seinen Worten mit, aber er lässt auch spüren, dass auf Grund des Alters der Tod seines Vaters völlig in Ordnung ist.

Fred ist sehr angenehm überrascht von Jans Auftreten.

„Es ist gut, das sie das alles so realistisch sehen. Leider müssen wir sie jetzt mit noch mehr Todesfällen konfrontieren, die wir nicht in die Kategorie – altersbedingt – einstufen können. Sie kennen Grit Fichtler und Tina Walter?"

„Ja. Ich kenne beide aus der Berufsschule. Sie haben Wirtschaftskaufmann gelernt und waren während dieser Zeit befreundet. Was danach war weiß ich nicht. Wir haben uns komplett aus den Augen verloren. Was ist mit Ihnen?"

„Grit Fichtler wurde ermordet im Hafen aufgefunden. Tina Walter lebt. Kennen Sie Nadine Zimkus und Irina Müller?"

„Die Namen sagen mir gar nichts. Ich kenne nur Grit und Tina aus der Berufsschule."

Fred war nach allem, was Tina Walter bisher ausgesagt hat, sehr gespannt darauf, was Jan Wagner dazu sagen würde.

„Wie war ihr Verhältnis damals zu den beiden Frauen."

Fred beobachtete jede noch so kleine Veränderung im Gesichtsausdruck von Jan. Auf Grund der bisherigen Ermittlungen können sie auch Jan noch nicht von der Liste der Verdächtigen streichen.

Für ein paar Sekunden lächelt Jan in sich hinein, dann zuckt er mit den Schultern, atmet kurz durch und schaut Fred an.

„Ich hoffe, sie verstehen mich nicht falsch. Wir waren damals jung und hemmungslos. Aus heutiger Sicht würde ich natürlich so einige Dinge von damals auch nicht mehr machen. Ja, was soll ich sagen. Das Verhältnis zu Tina und Grit war damals ganz toll. Beide Mädels waren ganz heiß auf mich."

Während er das sagt, wirkt sein ohnehin schon entspanntes Gesicht noch entspannter. Er scheint wirklich ein sehr relaxter Mensch zu sein.

„Wir haben uns alle drei arrangiert. Das heißt, mal habe ich ein Wochenende mit Grit und mal eins mit Tina verbracht. Ich denke, für die beiden war es so auch in Ordnung. Sie haben sich zumindest nie beschwert und wir haben das auch eine gewisse Zeit so ganz gut durchgezogen."

Fred schaut in die fragenden Gesichter von Gudrun, Gerd und Sven. Bisher decken sich die Aussagen von Jan Wagner mit denen von Tina Walter. Aber war das wirklich schon alles?

„Wie ist ihre Beziehung damals zu Ende gegangen?" Fred sieht Jan fragend an.

„Tja. Irgendwann hatten wir einfach das Interesse aneinander verloren. Wir waren jung und andere Leute sind in unserem Leben aufgetaucht. Wie das eben so ist. Es gab keinen besonderen Anlass, wenn sie das meinen."

Jan hebt den Kopf und sieht Fred an. Er schaut ihm direkt in die Augen und scheint sich innerlich einen Ruck zu geben.

„Sie wollen sicherlich alles aus der Zeit von damals wissen. Richtig?"

Jan macht eine kurze Pause und sieht Fred an.

„Wir vermuten, dass das Motiv für den Mord an Grit Fichtler in dieser Zeit zu suchen ist. Aus ermittlungstaktischen Gründen können wir ihnen dazu leider nichts Näheres sagen. Aber es ist für uns natürlich sehr hilfreich, wenn sie alles was während der Zeit damals war sagen. Auch wenn es ihnen noch so banal erscheint. Wir brauchen so viel wie möglich Informationen aus dieser Zeit."

„Die beiden Namen die so vorhin erwähnt haben, was ist mit den Frauen?"

Fred schaut in die Gesichter seiner Mitarbeiter. Dann gibt er nach und beantwortet Herrn Wagner die Frage.

„Sie wurden ebenfalls ermordet aufgefunden. Aus den Tatumständen schließen wir, dass es sich um denselben Täter wie bei Grit Fichtler handelt. Deswegen haben wir so großes Interesse an der Zeit von damals. Der Täter kannte anscheinend Grit Fichtler und mit Sicherheit kennt er Tina Walter."

„Was ist mit Tina?"

„Sie lebt. Wir haben aber Anlass zu der Vermutung, dass der Täter es die ganze Zeit über auf Frau Walter abgesehen hat. Sie taucht jedes Mal im Zusammenhang mit den Morden wieder auf. Wir wissen nicht warum. Aber gerade das macht für uns die Situation noch schwerer. Wir wollen Frau Walter gerne beschützen, wissen aber nicht wie."

Die Worte von Fred haben gesessen. Jan Wagner scheint Tina wirklich immer noch sehr zu mögen. Sein Gesichtsausdruck hat sich etwas verfinstert.

„Ich habe damals viel Scheiße gebaut. Neben den Mädels habe ich mich hin und wieder auch mal mit Jungs amüsiert. Es gab bei uns in der Klasse ein paar, die so veranlagt waren."

Seine Körperhaltung und seine Sprache lassen erkennen, dass er zu dem steht, was er damals getan hat.

„Aus heutiger Sicht weiß ich, dass es nicht richtig gewesen ist, und ich würde es auch nie wieder tun."
Fred und alle anderen Schauen sich fragend an.

„Was ist damals geschehen?" Fred sieht Jan fragend an.
Jan setzt sich aufrecht hin, schlägt das rechte Bein über das Linke und verschränkt die Arme vor der Brust.

„Wir waren jung und ausgelassen. Sex mit Mädels war normal. Aber in unseren Klassen bei den Informatikern und den Elektrikern waren einige, die homosexuell waren. Ich persönlich finde das auch heute noch nicht schlimm. Von mir aus kann jeder machen, was er will, solange er andere nicht belästigt. Ich habe mich damals auch ausprobiert. Na ja. Wir waren eben neugierig."
Fred und sein Team sehen sich verwundert an.

„Es gab da in der Elektrikerklasse einen echt durchgeknallten Typ. Mit dem habe ich mich, bevor ich mit Grit und Tina etwas angefangen habe, öfter getroffen. Aber da habe ich gemerkt, das ist nicht mein Ding. Entschuldigen sie den Ausdruck, aber der wurde richtig pervers. Da habe ich dann die Reißleine gezogen und mich von ihm verabschiedet."

„Was meinen sie damit, er wurde richtig pervers.?"

„Die Einzelheiten möchte ich ihnen ersparen. Aber den einen Abend hat er noch einen anderen aus meiner damaligen Klasse mit zu Hause gehabt. Er wollte, dass wir es miteinander treiben und er uns dabei zusieht. Da war bei mir Schluss. Danach habe ich mit ihm auch keinen Kontakt mehr gehabt. In der Schule haben wir uns noch gesehen, aber das war dann zum Glück auch alles. Danach hat dann das Amüsement mit Grit und Tina angefangen, was ich wirklich toll fand. Die beiden sind total in Ordnung."

Er schaut traurig auf den Fußboden vor sich.

„Na ja. Die Sache mit Grit tut mir wirklich sehr leid. Hoffentlich bekommen sie das Schwein, der ihr das angetan hat."

Die Spannung und Nervosität bei Fred sind stark angestiegen.

„Können sie sich noch an den Namen von dem Typ erinnern mit dem sie damals, entschuldigen sie, wenn ich es jetzt so nenne, rumgemacht haben? Und wer war der andere aus ihrer damaligen Klasse, der plötzlich an dem Abend da war?"

Jan Wagner runzelt die Stirn und sieht nachdenklich aus dem Fenster.

„Der aus meiner Klasse den ich an dem Abend nur kurz gesehen habe, war Peter. Mmhh. Ich glaube, mit Nachnamen heißt er Bessen. Ganz sicher bin ich mir da nicht. Aber der Vorname ist auf alle Fälle Peter. Da bin ich mir ganz sicher."

Fred schluckt und Gudrun rutscht ganz unruhig auf ihrem Stuhl umher.

Sven kann sich nicht zurückhalten.

„Sie sind sich ganz sicher, das der Typ aus ihrer damaligen Klasse Peter Bessen ist?"

„An den Vornamen kann ich mich genau erinnern, bei dem Nachnamen bin ich mir nicht ganz sicher."

Sven schaut Fred erwartungsvoll an.

„Haben sie seit damals mit irgendwem aus der Berufsschule nochmal Kontakt gehabt?"

„Nein. Nie. Komischerweise habe ich in Wismar bis zur Wende niemals jemanden getroffen. Ein Klassentreffen oder so etwas gab es nicht. Dann kam die Wende, und ich bin damals sofort nach Kanada gegangen. Das habe ich auch bis heute nicht bereut, wenn ich so sehe, was hier los ist."

Gudrun hält es nicht länger aus und muss ihn fragen.

„Der andere Typ, von dem sie erzählt haben. War der auch in ihrer Klasse?"

„Nein. Der war bei den Elektrikern."

„Können sie sich noch an seinen Namen erinnern?"

Wieder sitzt Jan da und grübelt.

„Sein Vorname ist Danny. Den konnte ich mir gut merken, weil er damals noch nicht so oft vorkam. Heute heißt ja gefühlt fast jeder Danny. Der Nachname ist so ein Allerweltsname."

Jan grübelt und man sieht ihm an, dass er sich ärgert.

Gudrun hat eine gute Idee.

„Ich rufe mal beim Einwohnermeldeamt an. Vielleicht haben sie einen guten Tag und geben mir gleich Auskunft. Der Nachname wäre für unsere Ermittlungen im Moment sehr wichtig."

Sie wartet nicht auf die Antwort von Fred und greift gleich zum Hörer. Alle schauen gebannt auf Gudrun. Auch Jan, dem beim besten Willen der Name nicht einfallen will.

Nach kurzer Zeit legt Gudrun das Telefon weg und schaut Jan Wagner an.

„Schröder. Danny Schröder. Ist das sein Name?"

„Genau." Jan's Gesicht erhellt sich. „Danny Schröder. Wie konnte ich den Namen nur vergessen. Das ist der perverse Hund von damals. Entschuldigen sie den Ausdruck, aber ich habe ihn in sehr schlechter Erinnerung."

Am liebsten würden alle sofort losstürmen und nach Danny Schröder suchen. Aber da ist immer noch die Frage, welche Rolle Peter Bessen spielt.

„Können sie uns noch etwas mehr zu Peter Bessen sagen?"

Fred schaut Jan auffordernd an.

„Was soll ich noch sagen. Wir waren damals beide in der Klasse der Informatiker. Befreundet sind wir während der Zeit nie gewesen. Aber das ist ja nicht unüblich. Man geht zusammen in eine Klasse und damit ist es gut. Es war wirklich nur dieser eine Abend, da bin ich dann aber ausgetickt und habe mich vom Acker gemacht. Das war mir, wie gesagt, einfach zu blöd. So ein Typ bin ich nicht. Ob die beiden vielleicht irgendwann noch einen anderen für ihren Schweinkram gefunden haben, weiß ich nicht.

Ich weiß auch nicht, ob es nur Zufall war, dass Peter dort aufgetaucht ist oder die beiden das öfter gemacht haben. Ich habe keine Ahnung. Und ich will es, ehrlich gesagt, auch gar nicht wissen."

Peter ergreift als Erster das Wort.

„Sie haben uns sehr geholfen. Wie lange sind sie noch in Wismar?"

„Ich weiß es nicht genau. Sobald alle Formalitäten erledigt sind, wollte ich wieder zurück nach Kanada fliegen. Ich habe da zwar keine Familie, aber ich fühle mich dort mehr zu Hause als hier. Meine Mutter würde ich am liebsten mitnehmen, aber das will sie nicht, was ich auch verstehen kann."

„Es wäre nett, wenn sie uns Bescheid sagen, wann sie Wismar wieder verlassen. Nur für den Fall, dass wir doch noch ein paar Fragen an sie haben."

Das war ein Versuch, von Fred im Bild zu bleiben, wie lange er in Wismar ist. Schließlich kann auch Jan Wagner als Täter nicht völlig ausgeschlossen werden.

58

Peter hat genervt sein Handy zur Seite gelegt. Die penetrante Art von Tina, sich in die Untersuchungen der Polizei einzumischen, geht im auf die Nerven.

Er liebt sie sehr. Seine Versuche alles Unheil von ihr abzuwenden gelingt ihm nicht. Er verstrickt sich immer tiefer in das Chaos. Nie hätte er geglaubt, dass ein Ausrutscher in Jugendzeiten ihn jetzt so aus der Bahn werfen könnte. Er ist wütend. Wütend auf sich selbst, auf damals und auf seine Unvorsichtigkeit, die ihm jetzt das Leben schwer macht.

Auf seine Arbeit kann er sich nicht mehr richtig konzentrieren. Das Gespräch mit Tina hat alles durcheinandergebracht. Wenn Jan wirklich in Wismar ist und dank Tina von der Polizei verhört wird, dann kommt bestimmt alles von damals ans Tageslicht und die Polizei wird auch bald vor seiner Haustür stehen. Das macht ihn wütend. Er kann überhaupt nicht verstehen, warum dieser blöde Idiot damals die Fotos gemacht hat. Ich muss sie unbedingt bekommen.

Peter erinnert sich ungern an diese Zeit. Er steckte in einer schweren Krise. Seine Eltern haben sich nur gestritten und in der Lehre lief es gerade mehr schlecht als recht. Er hatte das dringende Bedürfnis auf Frauen. Aber auch die Mädels aus der Berufsschule wollten nichts von ihm wissen. Da kam dann Danny und hat ihm Honig um den Mund geschmiert. Bis dahin war alles noch ganz in Ordnung. Bis auf den Abend, als plötzlich Jan auftauchte und Danny durchdrehte. Es war furchtbar. Die Erinnerung an diesen Abend lässt Peter noch den Schweiß auf die Stirn treiben.

Nachdem Jan sie völlig abrupt verlassen hatte, saßen Peter und Danny da. Danny war, von was auch immer, so aufgedreht, dass er unbedingt seinen

Willen haben wollte. Peter war so angesoffen, dass ihm in diesem Moment alles egal war. Danny verließ die Wohnung und Peter blieb zurück. Er war sofort eingeschlafen. Wie lange er geschlafen hat, wusste er hinterher nicht mehr. Das alles war sein Verhängnis.

Als er von Danny geweckt wurde, sah er, in sein grinsendes Gesicht, und alle Knochen taten ihm weh. Nach und nach kam die Erinnerung wieder.

Als Jan die Wohnung verlassen hatte, soffen Danny und er einen kräftigen Rum. Peter konnte nur mutmaßen, dass Danny ihm etwas ins Glas geschüttet hatte. Sonst wäre er wahrscheinlich nicht gleich eingeschlafen. Vor Wut wollte er ihn damals am liebsten erwürgt.

Tage später erschien Danny und zeigte ihm Fotos, auf denen ein Unbekannter und Peter zu sehen waren. Peter war entsetzt. Er sah sich und diese unbekannte Person in ziemlich eindeutigen Positionen. Peter konnte vor Entsetzen damals nichts sagen.

Dieses Schwein hat tatsächlich Fotos von ihm und diesem Unbekannten gemacht. Nun will er ihn damit erpressen. Danny bringt es tatsächlich fertig, die Fotos öffentlich zu machen und auch Grit und Tina zu zeigen. Er war schon immer der Meinung, dass nur Grit und Tina daran schuld waren, dass es nichts mit ihm und Jan geworden ist.

Peter weiß es aber besser. Was Danny sich da eingeredet hat, war kompletter Blödsinn. Weder er noch Jan haben die Gefühle mit Danny geteilt. Sie waren beide anders. Ganz anders als Danny.

Nie hätte Peter gedacht, dass Danny tatsächlich den Frauen etwas antut. Nun wurde er eines Besseren belehrt. Als er vor kurzem zehntausend Euro von ihm gefordert hat, dachte Peter, er bekommt die Fotos. Stattdessen hat er ihn nur ausgelacht und damit den Monteur geschmiert, der die Kameras in Tinas Haus eingebaut hat. Wäre er nur damals gleich zur Polizei gegangen, würden die Frauen heute wahrscheinlich noch am Leben sein. Mit dieser Schuld muss Peter nun für immer leben.

Peter hat noch versucht, das Meeting für den nächsten Tag vorzubereiten, ist damit aber kläglich gescheitert. Seine Gedanken kreisen nur um Jan und Danny. Am meisten Kopfzerbrechen bereitet ihm die Sorge um Tina. Er kann nicht einschätzen, wie weit Danny wirklich noch geht. Aber da er schon drei Frauen auf dem Gewissen hat, muss Peter mit allem rechnen.

Um Tina zu schützen, sieht er keinen anderen Ausweg als mit der Polizei zu reden. Er wird ihnen alles, aber auch wirklich alles von damals erzählen.

Peter wollte nur verhindern, dass diese hässlichen Fotos von ihm irgendwo auftauchen. Aber jetzt ist es ihm egal. Er muss endlich mit dieser Geheimniskrämerei Schluss machen, auch auf die Gefahr hin, das Tina dann nichts mehr von ihm wissen will. Nur so kann er sie retten.

59

„Wir müssen Danny Schröder finden und auch dringend mit Peter Bessen sprechen. Gudrun, hast du vorhin auch gleich nach der Anschrift von Danny Schröder gefragt?"

„Nein. Frau Stender vom Einwohnermeldeamt wollte mir alle Daten, die sie von ihm hat per Mail schicken."

„Sieh nach, ob die Mai schon da ist. Sobald wir die Adresse haben, fahren wir hin. Herrn Bessen laden wir gleich morgen früh zum Gespräch vor. Auch er scheidet als Täter nicht aus."

Gerd hebt den Zeigefinger und richtet ihn auf die Tafel mit den Fotos.

„Was ist, wenn Frau Walter das alles wusste beziehungsweise es jetzt während der Beziehung mit Herrn Bessen erfahren hat. Haben dann nicht beide ein Motiv sich an Danny Schröder zu rächen? Sie begehen die Morde und lassen es so aussehen, dass Danny es gewesen sein muss."

Fred grübelt.

„Für den Fall das du recht hast, ist nicht Frau Walter in Gefahr, sondern Danny Schröder. Wenn andererseits Peter Bessen das Ding alleine durchzieht, dann schlägt er zwei Fliegen mit einer Klappe. Er rächt sich an Danny Schröder und gleichzeitig auch an Tina Walter. Ist nur die Frage, ob und wen er als Nächstes umbringen will."

Sven stöhnt.

„Hört bloß mit den Mutmaßungen auf. Lasst uns zu Danny Schröder fahren und mit ihm reden. Wenn er nicht zu Hause ist, brechen wir die Wohnung auf. Mit Gefahr im Verzug kommen wir in diesem Fall immer durch. Die Rückendeckung vom Bürgermeister haben wir, schließlich sind schon drei Frauen ermordet worden."

Fred schmunzelt leicht.

„Seid wann, bist du so forsch. Aber du hast recht. Wir müssen jetzt schnell handeln, bevor noch ein Mord geschieht. Gudrun.

Hast du die Anschrift?"

Gudrun sieht angespannt auf ihren Rechner.

„Ja. Hier ist die Mail. Danny Schröder, geboren am 13. April 1964, wohnhaft in Wismar, Krämerstraße 286. Nichts wie hin."

Fred steht auf und greift noch während des Aufstehens nach seiner Jacke, die über der Stuhllehne hängt. Er braucht diesmal nichts sagen. Das in diesem Fall alle mitkommen, ist selbstverständlich.

60

Das ganze Grübeln bringt Peter gar nichts. Er muss sofort mit Danny Kontakt aufnehmen. In seinem Handy sucht Peter nach der Nummer von Danny, es ist schon ein paar Wochen her, als sie das letzte Mal miteinander telefoniert haben.

Peter packt die angefangenen Unterlagen für das Meeting am kommenden Tag in seinen Schreibtisch und schaltet den Computer aus. Für heute macht er Feierabend. Seine Konzentration ist sowieso hin. Der Anruf von Tina hat ihn völlig durcheinandergebracht. In seinem Kopf spuken neben Tina nur noch die Namen von Jan und Danny rum. So geht es nicht weiter. Er muss all dem ein Ende bereiten und mit der Polizei reden. Jetzt sofort. Peter will und muss reinen Tisch machen. Er ist es Tina schuldig. Ihr darf nichts zustoßen.

Peter verabschiedet sich von seinen Kollegen und verlässt das Büro. Vom Flur aus kann er auf den Alten Hafen sehen. Im Hintergrund fällt sein Blick auf das Wassertor und die Altstadt von Wismar. Wehmut macht sich in ihm breit. Unwillkürlich muss Peter an Nadine denken. Nachdem er sie tötete, hat er ihren leblosen Körper einfach an der Hafenspitze abgelegt. Mit schnellen Schritten geht er den Flur entlang und verlässt das Bürogebäude. Die ihm ins Gesicht scheinende Sonne blendet ihn so sehr, dass er kaum den Parkplatz mit den Fahrzeugen erkennen kann. Das Glitzern des Wassers im Hafenbecken tut sein übriges. Er hält sich schützend die rechte Hand vor die Stirn und geht in Richtung Parkplatz. Den Autoschlüssel hat er bereits in der Hand. Einige Werbeaufsteller im Bereich des Parkplatzes versperren immer die Sicht auf die Freiflächen des Hafens. Diese Dinger fand Peter schon immer überflüssig und wünscht sie sich einfach weg.

Sein Fahrzeug hat er heute Morgen gleich neben einem dieser Aufsteller geparkt.

Zielgerichtet geht er auf sein Auto zu. Als er ein Geräusch und eine Bewegung wahrnimmt, ist es bereits zu spät. Er spürt einen Schmerz im Bereich des Rückens, dann wird ihm heiß und er sinkt bewusstlos zu Boden.

61

Fred Förster und sein Team sind auf dem Weg zum Parkplatz, um möglichst schnell in die Krämerstraße zu kommen. Zu Fuß würde zwar auch gehen, aber in diesem Fall zählt jede Minute. Noch bevor sie den Wagen erreicht haben, klingelt das Telefon von Fred. Er flucht und bleibt neben der Wagentür stehen. An der Nummer sieht er, dass der Diensthabende anruft.

„Was gibts?", brüllt er fast in sein Handy.

„Wir haben die Information bekommen, das im Gewerbegebiet im Hafen, wo das IT-Center ist, auf dem Parkplatz ein Mann niedergestochen wurde. Laut ersten Informationen handelt es sich dabei um einen gewissen Peter Bessen. Ich dachte, das würde euch interessieren."

Fred verschlug es regelrecht die Sprache. Er starrte sein Handy an und bekam kein Wort raus. Ohne etwas zu dem Diensthabenden zu sagen, drückte er ihn einfach weg.

„So ein verdammter Mist", flucht er und schlägt mit der Faust auf das Wagendach.

Gudrun zuckt zusammen und erkennt Fred nicht wieder. Sven und Gerd sehen ihren Chef an und sind sehr verwundert über seinen Wutausbruch, so kennen sie ihn nicht.

„Peter Bessen wurde niedergestochen. Wir müssen erst zum

IT-Center fahren, bevor wir uns um Danny Schröder kümmern können."

Er wollte schon in den Wagen steigen, als Sven ihn daran hinderte.

„Das kommt gar nicht in Frage. Wir teilen uns auf. Du fährst mit Gerd zum IT-Center und ich fahre mit Gudrun zu Danny Schröder. Wir dürfen keine Zeit verlieren."

Ohne Einspruch zu erheben, nickt Fred und deutet Gerd an, in den Wagen zu steigen.

Sven und Gudrun laufen, so schnell es geht zu ihrem Auto. Während der Fahrt zur Krämerstraße sitzen sie schweigend nebeneinander. Sie nähern sich über die Breite Straße dem Hopfenmarkt, wo Sven nach rechts einbiegt auf die Krämerstraße. An den Hausnummern erkennen sie, dass sich das Haus, in dem Danny Schröder wohnt, auf der rechten Seite der Krämerstraße befinden muss. Sven fährt in Schritttempo die Krämerstraße hoch. Zu dieser Zeit ist der Boulevard gut besucht, sodass ihnen einige Passanten böse Blicke zuwerfen. Ihre Augen sind angespannt auf die Hausnummern gerichtet.

„Dort ist es." Gudrun zeigt auf das übernächste Gebäude auf der rechten Seite. Sven nickt nur kurz. Er stellt den Wagen vor dem Haus ab und beide steigen aus. Nach den Namen auf den den Klingelschildern zu urteilen, muss Danny Schröder im ersten Obergeschoss wohnen.

Vorsichtig öffnen sie die Haustür und ihre Augen müssen sich erst an das Dunkel des Flurs gewöhnen. Gudrun tastet nach dem Lichtschalter. Die spärliche Flurbeleuchtung reicht gerade mal, um die Namen an den Briefkästen lesen zu können. Der Briefkasten von Danny Schröder ist nicht überfüllt.

Sie nicken sich zu. Also scheint er nicht längere Zeit abwesend gewesen zu sein.

Vorsichtig nach oben und unten schauend bewegen sie sich langsam die Treppe hinauf. Die Wohnungstüren im Erdgeschoss lassen sie dabei nicht aus den Augen. Im ersten Obergeschoss befinden sich zwei Türen. In der Wohnung rechts wohnt Danny Schröder. Sven geht vorsichtig die Treppe hoch in das zweite Obergeschoss, um sich zu vergewissern, das sich dort niemand befindet. Gudrun bleibt währenddessen vor der Tür von Danny Schröder stehen. Sven signalisiert ihr, das oben alles in Ordnung ist.

Sie tasten nach ihren Dienstwaffen, nicken sich kurz zu und Gudrun drückt auf die Klingel. Sekunden der Stille vergehen und es kommt kein Geräusch aus der Wohnung. Gudrun klingelt nochmal. Wieder herrscht nur Stille.

Sven sieht Gudrun an.

„Da scheint wohl niemand zu Hause zu sein."

Zur Sicherheit klopft er nochmal kräftig an die Tür. Wieder rührt sich nichts.

Sven nimmt sein Handy zur Hand und ruft Fred an. Gudrun betrachtet das Türschloss. Es ist keine besondere Marke. Das sollte schnell zu knacken sein.

Sven steckt das Handy wieder weg. Gudrun sieht ihn fragend an.

„Was hat Fred gesagt?"

„Sie sind gleich hier. Peter Bessen wurde schwer verletzt ins Krankenhaus gebracht. Jemand hat ihn mit einem spitzen Gegenstand niedergestochen. Ob er überlebt, konnte der Arzt noch nicht sagen."

„Scheiße", sagt Gudrun. „Hoffentlich kommt er durch. Damit dürfte die Theorie, dass Peter Bessen der Täter ist, wohl hinfällig sein."

Sven wiegt den Kopf hin und her.

„Ich weiß es nicht. Bei dem ganzen Durcheinander wissen wir auch nicht mit Bestimmtheit, welche Rolle unter Umständen Frau Walter spielt. Vielleicht ist sie gar nicht so harmlos, wie es scheint."

„Na du hast ja eine blühende Phantasie."

Kurz darauf wird die Haustür geöffnet. Angespannt horchen sie in den Flur. Als die Stimmen von Fred und Gerd zu hören sind, entspannen sich ein wenig.

Fred kommt zerknirscht die Treppen hoch. Gudrun und Sven sagen lieber nichts. Sie wissen, das Fred mit dem Verlauf der Ereignisse mehr als unzufrieden ist. Ohne große Erläuterungen sagt er zu ihnen: „Wir gehen rein."

Sven sieht sich das Türschloss genauer an und holt sein kleines Set aus der Tasche, mit dem er sich schon zu so mancher Wohnung Zutritt verschafft hat.

„Na woll'n mal sehen."
Er beugt sich hinunter und arbeitet an dem Schloss, welches nach kurzer Zeit nachgibt.

Alle sehen sich gespannt an. Sven schiebt vorsichtig die Tür auf. Abgestandene Luft weht ihnen entgegen. Gerd signalisiert, dass er an der Tür stehen bleibt, nur für den Fall, das sich jemand im Treppenhaus sehen lässt.

Fred betritt als Erster den Flur. Von hier geht es rechts in die Küche und auf den Balkon. Geradeaus befindet sich das Wohnzimmer, von dem es links ins Schlafzimmer geht. Nachdem sie sich vergewissert haben, dass sich niemand in den Räumen aufhält, sehen sie sich genauer um.

Das Wohnzimmer ist nur spärlich eingerichtet. Neben dem Tisch und dem Sessel ist an der Wand ein Computer mit mehreren Bildschirmen aufgebaut. Gudrun hat sich Handschuhe über die Hände gezogen und macht den Computer an. Er ist nicht Passwort geschützt, sodass sie vollen Zugriff auf alle Dateien hat.

„Seht euch das mal an. Es scheint tatsächlich unser Mann zu sein. Hier sind sämtliche Bilder der

Überwachungskameras von Frau Walters Haus drauf."

Fred runzelt die Stirn und sieht Sven an.

„Ruf sofort die KTU an. Sie müssen gleich herkommen. Wir brauchen alle Spuren."

Während Sven mit dem Kommissariat telefoniert, sieht sich Fred im Schlafzimmer um. Er kann hier nichts Auffälliges entdecken. In der Küche liegt neben dem Herd ein Stoffbeutel. Vorsichtig nimmt er ihn hoch und schaut hinein. Der Anblick verschlägt ihm fast die Sprache.

„Es ist unser Mann. Hier ist eine Spraydose mit Farbe drin."

Triumphierend hält er den anderen den Beutel hin.

„Sobald die KTU hier durch ist, werden wir die Wohnung überwachen lassen. Wenn er nach Hause kommt, schnappen wir ihn."

„Wenn er kommt", wirft Gudrun ein. „Für den Fall das tatsächlich er Peter Bessen niedergestochen hat, würde es mich nicht wundern, das er sich jetzt an Tina Walter ranmacht."

„Wie kommst du denn darauf", fragt Sven verblüfft.

„Na ja. Er versucht doch die ganze Zeit über, anscheinend an Tina Walter ran zu kommen. Ständig ist da Peter Bessen im Weg. Nun schaltet er ihn aus, indem er ihn niedersticht. Damit hat er freie Bahn für Frau Walter."

Gerd ist inzwischen vom Flur auch in die Wohnung gekommen. Er sieht sich die Unterlagen an, die neben dem PC auf dem Tisch liegen.

„Der saubere Herr Bessen", hören ihn die anderen nur sagen und er hebt ein paar Bilder hoch.

Fred nimmt ihm die Fotos aus der Hand und schaut sie sich an. Die Falten auf seiner Stirn werden immer tiefer.

„Hoffentlich kommt Peter Bessen durch."

Mehr sagt er nicht und gibt Gerd die Fotos wieder zurück.

Die Geräusche im Treppenhaus lassen alle aufhorchen. Es dauert nicht lange und Volker von der KTU steckt seinen Kopf durch die Tür.

„Hallo Leute. Dann wollen wir mal sehen, was wir hier so finden."

Seine lockere Art nimmt allen ein bisschen die Anspannung. Sie verabschieden sich von Volker und gehen nach unten vor die Haustür. Währenddessen telefoniert Fred schon mit der Dienststelle und organisiert eine Überwachung der Wohnung.

Die Fußgängerzone ist noch immer voll mit Menschen.

Gerd flucht was das Zeug hält, als er die Knöllchen unter den Scheibenwischern sieht. Fred winkt nur ab. Noch vor der Haustür von Danny Schröder nimmt er sein Handy in die Hand und ruft bei Tina Walter an.

62

Mit einem Klick hat Tina die Exceltabellen gespeichert und ist froh, damit endlich fertig zu sein.

Ein paar Angebote und zwei Rechnungen sind noch zu erledigen, aber das geht schnell.

Sie steht in der Küche und will sich einen Kaffee kochen. In diesem Moment klingelt ihr Handy.

„Büroservice Tina Walter. Guten Tag."

„Kommissar Förster hier. Sind sie zu Hause?"

Tina ist etwas erstaunt, da ihr ja von ihm ans Herz gelegt wurde das Haus nicht zu verlassen.

„Ja. Ich bin zu Hause."

„Okay. Wir sind gleich bei ihnen."

Dann klickt es im Telefon und die Verbindung ist beendet.

Tina schaut verwundert auf ihr Handy und schüttelt mit dem Kopf. Nach ungefähr zehn Minuten hört Tina den Türgong. Bevor sie die Tür öffnet, sieht sie aus dem Fenster und erkennt Kommissar Förster in Begleitung von einer Frau. Dann öffnet sie die Tür.

„Guten Tag. Kommen sie rein."

Fred und Gudrun folgen Tina in das Wohnzimmer. Sie bittet die beiden, mit einer ausladenden Handbewegung, auf der Couch Platz zu nehmen. Tina setzt sich ihnen gegenüber auf den Stuhl und schaut sie erwartungsvoll an.

Fred räuspert sich und konfrontiert Tina sofort mit den Tatsachen.

„Herr Bessen wurde heute Mittag auf dem Parkplatz vor seiner Firma niedergestochen. Wir haben Grund zu der Annahme, dass es der Täter war, der auch Frau Fichtler, Frau Zimkus und Frau Müller getötet hat. Sie waren heute den ganzen Tag zu Hause?"

Gudrun sieht Fred verwundert von der Seite an.

„Was ist mit Peter. Wie geht es ihm. Kann ich zu ihm."

Die Fragen sprudeln nur so aus Tina heraus.

„Waren sie heute den ganzen Tag hier zu Hause?", fragt Fred nochmals.

„Ja. Natürlich. Sie haben mich doch selber gebeten, nicht das Haus zu verlassen."

„Wann haben sie Herrn Bessen das letzte Mal gesehen?"

„Heute Morgen. Er ist halb acht zur Arbeit gefahren. Was ist mit ihm. Kann ich ihn besuchen?"

Tina ließ nicht locker. Sie wollte unbedingt wissen, wie es Peter geht.

„Haben sie heute mit Herrn Bessen noch Kontakt gehabt?"

Tina fiel sofort das Telefonat wieder ein, das sie mit Peter am Vormittag hatte. Sie überlegte kurz, ob es erwähnenswert ist.

„Ja. Ich habe ihn heute Vormittag angerufen."

„Gab es einen bestimmten Grund dafür?"

Tina sieht beide an, bevor sie antwortet.

„Ja. Ich habe vorher bei ihnen im Kommissariat angerufen, weil ich die Todesanzeige von Jan's Vater gelesen habe. Dann habe ich bei Peter angerufen, um ihm zu erzählen, dass ich endlich weiß wie Jan mit Nachnamen heißt. Haben sie Jan gefunden?"

Fred und Gudrun schauen sich an.

Gudrun fragt: „Wie hat Herr Bessen darauf reagiert?"

Tina zuckt nur leicht mit den Schultern.

„Das Telefonat war nicht so toll. Er war der Meinung, ich solle die Polizei ihre Arbeit machen lassen und mich daraus halten. Ich konnte seine Reaktion nicht verstehen, denn wir suchen doch schon seit geraumer Zeit nach Jan und nun haben wir vielleicht die Möglichkeit, ihn zu finden. Konnten sie ihn ausfindig machen? Und bitte. Sagen sie mir endlich, was mit Peter ist."

Gudrun sieht Fred an und ist gespannt, wie er Frau Walter die neuen Ermittlungsergebnisse sagen will. Von den Fotos der Sexorgien, die Peter und Danny betreffen, wusste Tina Walter offenbar nichts. Und wenn doch, dann kann auch sie als Täterin immer noch nicht ausgeschlossen werden. Gudrun beneidete Fred im Moment nicht.

„Ist heute sonst noch irgendetwas passiert, was sie uns mitteilen müssen?"

Tina schaut vor sich auf den Boden.

„Was ist mit Peter?"

Fred lehnt sich zurück und atmet tief durch.

„Er wurde auf dem Parkplatz vor seiner Firma niedergestochen. Die Verletzungen sind lebensgefährlich. Wir warten zurzeit auf die Information der Ärzte."

Tina sinkt auf ihrem Stuhl zusammen und weint.

Gudrun steht auf und legt ihr einen Arm um die Schulter. Nachdem Tina sich ein wenig beruhigt hat, nimmt Fred das Gespräch wieder auf.

„Ist heute sonst noch etwas passiert, was sie uns mitteilen müssen?"

Tina schaut ihn aus ihren verheulten Augen an und schüttelt den Kopf.

„Nein. Es war ein Tag wie immer. Am späten Vormittag hat ein Student angerufen, ob ich ihm seine Abschlussarbeit schreiben kann. Wir haben uns für heute um fünf Uhr im New Orleans verabredet."

Während Tina das sagt, schauen Fred und Gudrun auf die Uhr. Es ist fünfzehn Minuten nach vier. Gudrun sieht Fred an und er schüttelt nur mit Kopf.

„Hat sich der Student bei ihnen mit Namen vorgestellt", fragt sie Tina.

„Nein. Er hat gebrochen Deutsch gesprochen. Seinen Namen hat er nicht gesagt."

„Wie sollen sie ihn erkennen? Hat er etwas dazu gesagt?" Gudrun lässt nicht locker. Sie will wissen, ob es wirklich eine harmlose Verabredung mit einem Studenten ist, oder ob es tatsächlich ihr Täter ist.

Tina zuckt nur mit den Schultern.

„Ich weiß es nicht. Darüber haben wir nicht gesprochen. Ich muss wissen, wie es Peter geht."

Das konnte Gudrun gut nachvollziehen, aber noch hatten sie keine Information aus dem Krankenhaus.

„Wollen sie zu dem vereinbarten Treffen um fünf gehen", fragte Fred.

„Das ist mir gerade völlig egal", presst Tina hervor.

Fred grübelt und ist sich nicht sicher, ob er mit seiner Vermutung richtig liegt, dass Danny der

Anrufer war und Tina in eine Falle locken will. Kurz entschlossen greift er zu seinem Handy und ruft Sven an. Er nimmt den Anruf sofort entgegen.

„Hallo Sven. Habt ihr schon Informationen zum Aufenthaltsort von Danny Schröder?"

Gudrun ist überrascht, das Fred den Namen von Danny Schröder in Anwesenheit von Tina Walter so frei heraus sagt. Normalerweise hält er sich mit solchen Informationen im Beisein von Betroffenen zurück. Oder, will wer sie damit aus der Reserve locken?

Gudrun beobachtet Tina genau. Nachdem sie den Namen gehört hat, verfinstert sich ihr Gesicht noch mehr. Ob sie doch mehr weiß als sie zu gibt?

Gudrun kann nicht länger darüber nachdenken, denn Fred beendet das Gespräch mit Sven.

„Wollen sie wirklich zum New Orleans gehen und sich mit dem Studenten treffen", fragt Fred vorsichtig.

Tina sieht zu Boden, hebt dann den Kopf und sieht Fred direkt in die Augen.

„Nein. Ich möchte ins Krankenhaus zu Peter."

Fred und Gudrun sehen sich an. Nun bleibt ihnen wohl doch nichts anderes übrig, als Tina Walter über das Vorhandensein der Fotos aufzuklären. Allem Anschein nach weiß sie nichts von deren Existenz und von der Verbindung zwischen ihm, Jan Wagner und Danny Schröder.

63

Nachdem er Peter auf dem Parkplatz niedergestochen hat, ist er völlig aufgelöst in den Lindengarten geflüchtet. Hier hockt er hinter ein paar Büschen, hat die Knie dicht an den Körper gezogen und versucht, klar zu denken. Sein Blick bleibt auf dem Handy kleben, das in seiner rechten Hand liegt. Wie im Traum klickt er die Nummer von Tina an und wartet, dass sie abnimmt. Als er ihre Stimme hört, verändert er seinen Tonfall. Er schwindelt ihr vor, ein Student zu sein, der seine Abschlussarbeit geschrieben haben möchte. Dem Treffen um fünf Uhr sagt sie sofort zu.

Bingo. Heute scheint doch mein Glückstag zu sein.

Er versucht, auf dem Handy die aktuellen Nachrichten von Wismar zu finden. Schließlich will er wissen, ob Peter nun endgültig aus seinem Leben verschwunden ist. Hoffentlich hat er ihn so verletzt, dass er es nicht überlebt. Aber leider kann er keine Nachrichten finden. Nichts wird von einem Mord in Wismar erwähnt.

Also bleibt ihm nichts weiter übrig, als im Krankenhaus anzurufen und dem Personal etwas vom einem entfernten Verwandten vorzulügen.

Völlig deprimiert kauert er sich tiefer in den Busch hinein.

Die Angestellte im Krankenhaus war sehr freundlich. Sie hat ihm bereitwillig Auskunft gegeben. Noch ist er nicht über den Berg. Und wenn er ihn besuchen möchte, kann er sich auf Station G sieben melden, er liegt auf Zimmer 563.

Nach der Messerattacke auf Peter traut er sich nicht mehr nach Hause in seine Wohnung. Jan ist wahrscheinlich in Wismar und wenn er tatsächlich bei der Polizei war, dann finden sie auch den Weg zu ihm.

Panik macht sich in ihm breit. Das ist nicht gut. Er hat schon zu viele Fehler gemacht. Wenn er jetzt nicht aufpasst, dann bekommt Tina nie ihre Strafe. Seine Strafe. Der Hass gegen Tina ist unbeschreiblich. Nur das motiviert ihn jetzt, sein Versteck in dem Busch zu verlassen und sich in Richtung New Orleans zu begeben.

64

Fred sieht Gudrun an und nickt nur vorsichtig.

„Kennen sie Danny Schröder?"

Tina schaut Fred erstaunt an.

„Nein. Der Name sagt mit nichts."

„Sie kennen Herrn Bessen und Jan Wagner aus der Berufsschule. Wie war das Verhältnis der beiden zueinander?"

Tina schüttelt mit dem Kopf.

„Keine Ahnung. Peter und ich haben uns damals auch keines Blickes gewürdigt. Das kam, wie sie bereits wissen, erst vor ein paar Monaten. Demzufolge weiß ich auch nichts aus der Zeit von damals über die Verbindungen, die Peter da hatte. Wer ist Danny Schröder?"

„Herr Schröder war damals auch an der Berufsschule. In der Klasse der Elektriker. Wir haben Grund zu der Annahme, dass er derjenige ist, der die Frauen ermordet hat. Die Kameras aus ihrem Haus waren auf seinen PC geschaltet. Was wissen sie von ihm?"

Die forsche Art von Fred verunsichert Tina. Sie ist völlig durcheinander. Peter wurde niedergestochen, jetzt die Information, wo die Kameras aufgeschaltet waren, das ist für Tina im Moment alles zu viel.

„Ich weiß nichts von diesem Danny Schröder. Ich kenne ihn auch gar nicht. Wenn, dann überhaupt nur vom Sehen aus der Berufsschule damals. Aber ein Gesicht dazu habe ich nicht. Er sagt mir nichts."

Völlig verzweifelt schaut sie Gudrun an, von der sie sich wohl etwas Beistand erhofft.

Das Klingeln von Freds Handy schreckt alle ein wenig auf. Er nimmt es zur Hand und geht hinaus auf den Flur.

Gudrun und Tina sitzen sich nur schweigend gegenüber.

Fred betritt mit ernster Miene wieder das Wohnzimmer und setzt sich auf die Couch.

„Also Frau Walter. Was wissen sie von der Beziehung zwischen Herrn Bessen, Jan Wagner und Danny Schröder."

Völlig fassungslos starrt Tina Fred an und auch Gudrun ist sehr überrascht über die Art, in der Fred Frau Walter gerade etwas attackiert.

„Ich weiß wirklich nicht, wovon sie reden. Ich habe Peter vor ein paar Monaten wieder gesehen. Aber das wissen sie doch alles schon. Das habe ich ihnen alles schon erzählt. Wer mit wem damals in Kontakt gestanden hat, das kann ich doch nicht wissen."

„Nicht damals", antwortet Fred sofort. „Herr Bessen hat erst vor ein paar Wochen Kontakt mit Danny Schröder gehabt, das hat die Auswertung seines Handys ergeben. Er wurde mehrmals von Danny Schröder angerufen und hat ihn auch einmal zurückgerufen. Das alles fällt genau in die Zeit, als sie die Monteure hier im Haus hatten, von denen einer die Kameras installiert hat."

Gudrun weiß überhaupt nicht mehr, was los ist. Sven muss Fred am Telefon ja vorhin neue Informationen durchgegeben haben. Sie sieht nur eine ziemlich verzweifelte Tina Walter vor sich sitzen.

Fred nimmt die Fotos aus der Wohnung von Danny Schröder in die Hand und legt sie Tina Walter hin.

Gudrun schüttelt mit dem Kopf, aber da ist es bereits zu spät. Tina starrt auf die Fotos, hält sich die Hände vor das Gesicht und heult.

Gudrun macht Fred mit einer Grimasse klar, dass es nicht der richtige Zeitpunkt dafür gewesen ist. Er sieht das anders.

Tina blickt aus ihren verheulten Augen Fred an.

„Ich will zu Peter."

65

Langsam, und mit zittrigen Knien, steht er auf und verlässt sein Versteck.

Der Lindengarten ist um diese Uhrzeit gut besucht. Einige Passanten nutzen die Abkürzung, um zum Bahnhof zu gelangen, und viele Jugendliche wollen den Treff im Lindengarten besuchen. Da ist immer etwas los.

Also mischt er sich unter die Leute und versucht, so entspannt wie möglich mit ihnen zu spazieren. Seine Blicke tasten die Umgebung genau ab. Aber von den Leuten um ihn herum nimmt niemand von ihm Kenntnis. Der Bahnhof kommt in Sichtweite und ein Teil der Menschen strömt hinein. Ein paar gehen auch weiter in Richtung Busbahnhof. Auch er nimmt zur Sicherheit den kleinen Umweg über die Bushaltestellen und bleibt an einer der Bussteige stehen und wartet. Bekannte Gesichter kann er nicht ausmachen und geht etwas entspannter weiter.

Er überlegt kurz, ob er die kürzere Strecke über die Straße Spiegelberg in Richtung Wassertor nimmt, oder sich doch lieber unter die Touristen mischt, die an der Wasserstraße zum Hafen gehen. Letzteres erscheint ihm sinnvoller. Für den Fall das ihm doch jemand folgt, kann er sich unter den vielen Menschen besser verstecken.

Je dichter er dem Hafen kommt und auch das Wassertor sieht, desto aufgeregter wird er. Kurz hinter dem Wassertor, am Lohberg ist das New Orleans. Ob Tina wirklich kommt?

Mit klopfendem Herzen lässt er das Wassertor links liegen und geht auf das New Orleans zu. Sein Blick ist auf die Menschen an den Tischen vor dem Restaurant gerichtet.

Tina kann er nirgends sehen, aber es ist auch noch ein bisschen Zeit. So entspannt wie möglich geht er an den Tischen vorbei und positioniert sich in Höhe der kleinen Brücke die über die Frische Grube führt. Seine Anspannung wächst.

66

Es ist jetzt fünf vor fünf und Fred gibt Gudrun ein Zeichen, dass er nach draußen geht, um zu telefonieren. Sie nickt ihm zu und bleibt mit Tina zurück.

Fred steht vor der Haustür und wählt die Nummer von Sven.

„Wo bist du jetzt", fragt er ihn.

Sven pustet leicht am Telefon und Fred muss schmunzeln. Etwas mehr Sport würde uns wohl allen guttun.

„Ich bin jetzt hier am Lohberg. Bei der Masse Leute habe ich keine Chance, überhaupt jemanden zu finden, falls er denn hier ist. Außerdem weiß ich noch nicht mal, wie er aussieht. Gerd ist im Büro und versucht, über alle möglichen Kanäle ein Foto von ihm aufzutreiben. Ohne dem stehen wir gerade ziemlich blöd da. Die alten Dinger von vor vierzig Jahren helfen uns auch nicht wirklich weiter."

„Ja. Ich weiß. Wir sind noch hier bei Frau Walter. Ich bin mir immer noch nicht sicher, welche Rolle sie dabei spielt. Auf die Nachricht von Herrn Bessen hat sie natürlich schockiert reagiert und auch auf die Fotos. Aber das, muss nicht viel zu sagen haben. Sie will unbedingt ins Krankenhaus zu ihm."

„Hast du schon eine Info vom Arzt bekommen?"

„Nein. Es hat sich noch niemand gemeldet. Allein will ich Frau Walter da auch nicht hinlassen. Aus mehreren Gründen, wie du dir sicher denken kannst. Sobald ihr mit dem Foto etwas erreicht habt, gib es mir gleich durch."

Fred beendet das Gespräch mit Sven und geht wieder ins Haus zu Gudrun und Frau Walter.

Nachdem Fred den Raum verlassen hat, sehen sich die beiden Frauen in die Augen.

„Wer tut den Menschen nur so etwas an", fragt Tina Gudrun.

„Ein Mensch, der so etwas macht, ist meistens krank", antwortet Gudrun ihr. „Oftmals hat er in seiner Kindheit und Jugend sehr schlechte Erfahrungen gemacht. Dazu können auch Probleme aus dem Elternhaus beigetragen haben. Wenn so ein heranwachsender Mensch diese Probleme nicht alleine verarbeiten kann und ihm keine professionelle Hilfe zukommt, entstehen oftmals schwere psychische Störungen, die dann später sehr unterschiedliche Ausmaße annehmen können. Wir vermuten sehr stark, dass wir es in diesem Fall mit so einem Menschen zu tun haben."

Gudrun beobachtet Tina sehr genau.

Tina nimmt all ihren Mut zusammen und fragt Gudrun.

„Die Bilder, die sie mir vorhin gezeigt haben. Was hat es damit auf sich."

Gudrun holt tief Luft.

„Wir haben heute tatsächlich mit Jan Wagner reden können. Er hat uns von damals aus der Berufsschulzeit erzählt."

Tina hört Gudrun sehr aufmerksam zu und unterbricht sie nicht mit Fragen. Nachdem Gudrun ihr alles erzählt hat, sinkt Tina auf dem Stuhl zusammen und senkt den Kopf. Nach einiger Zeit schaut sie Gudrun in die Augen.

„Das habe ich alles nicht gewusst. An Danny Schröder kann ich mich auch nicht mehr erinnern. Vom Sehen kannte ich ihn bestimmt, aber heute würde ich ihn sicher nicht mehr erkennen. Alles andere was Jan und Peter betrifft, wissen sie ja schon."

Weiter kamen sie nicht, dann betrat Fred wieder das Zimmer.

Er sah Tina an und war sich nicht sicher, ob er jetzt das Richtige tat.

„Wir begleiten sie zum Krankenhaus."

67

Er hat sich an das Geländer der kleinen Brücke gelehnt und sein Blick schweift von dort über die Ecke der Kleinen Hohen Straße, den Lohberg entlang bis zum Wassertor und zurück zum New Orleans. Bei dem schönen Wetter tummeln sich hier viele Touristen.

Seine Augen sind auf die Tische vor dem New Orleans gerichtet. Tina kann er nirgends entdecken. Es ist bereits zehn Minuten nach fünf. Seinen aufkeimenden Zorn kann er kaum unterdrücken, muss sich aber zusammenreißen, um nicht aufzufallen.

Es wäre auch zu schön gewesen, wenn sie tatsächlich gekommen wäre.

Er stößt sich vom Geländer ab und geht langsam in Richtung Ziegenmarkt. Dort hat er seinen Wagen geparkt.

Beim Öffnen der Wagentür strömt ihm unangenehm heiße Luft entgegen. Durch die Sonne ist das Innere des Fahrzeuges aufgeheizt. Trotzdem setzt er sich hinter das Lenkrad und schließt die Tür.

Seine Hände umklammern das Lenkrad so fest, dass sich die Knochen der Finger weiß abheben. Er presst die Zähne so stark aufeinander, dass die Kiefer schmerzen. Der Schweiß, der sich auf seiner Stirn bildet, ist nicht nur von der Hitze im Inneren des Wagens.

Die Passanten die über den Ziegenmarkt schlendern, nehmen ihn nicht wahr.

Wütend schlägt er mit der Hand auf das Lenkrad. Sein Plan ist heute nicht aufgegangen. Tina ist nicht zum Treffen erschienen, aber er muss sie kriegen.

Ihm bleibt kein anderer Ausweg, als ins Krankenhaus zu fahren.

68

Gerd sitzt im Büro und hofft, dass Fred und Gudrun bei Frau Walter ein paar neue Informationen bekommen. Sven ist vorsichtshalber zum Lohberg gegangen, falls sich Frau Walter doch mit dem vermeintlichen Studenten treffen will.

Inzwischen hat Gerd sämtliche Ämter kontaktiert, mit denen sie in irgendeiner Form in Verbindung stehen. Außerdem noch die Stadtverwaltung, das Finanzamt und einige andere Behörden. Sogar beim LKA in Schwerin hat er die Kontaktdaten von Danny Schröder hinterlegt. Wenn er schon mal auffällig war, dann erhofft er sich von dort auch Informationen. Mehr kann er im Moment nicht tun.

Gespannt blickt er auf den Bildschirm, ob per Mail oder internem Netzwerk Informationen reinkommen.

Die Tür geht auf und Sven kommt rein.

„Hi", begrüßt er Gerd. „Hast du Erfolg gehabt mit der Fahndung?"

„Bis jetzt noch nicht. Ich habe alle verfügbaren Quellen angezapft und muss jetzt warten, ob ihn jemand hat."

Sven setzt sich an seinen Schreibtisch und sieht die Dateien durch, die während seiner Abwesenheit gekommen sind. Es sind viele Mails gekommen, aber die von Anke, der Kriminalpsychologin, interessiert ihn im Moment am meisten. Gespannt liest er.

- Hallo Leute. Über unser Netzwerk bin ich ja bestens über eure Fälle informiert. Ich habe die Daten mal gesammelt, meinen Computer damit gefüttert und meine eigenen Schlussfolgerungen gezogen. Euer Täter hat meiner Meinung nach starke psychische Probleme. Woraus sie resultieren, sei erstmal dahingestellt. Ich könnte mir vorstellen, dass er schon mal bei einem Therapeuten in Behandlung war. Vielleicht klappert ihr Mal ein paar hier in Wismar und Umgebung ab. Ein Versuch ist es wert. Unter Umständen findet ihr ihn so schneller. Mit besten Grüßen, Anke. -

Sven grübelt.

„Anke rät uns, mit den hiesigen Therapeuten Kontakt aufzunehmen. Sie könnte sich vorstellen, dass unser Täter schonmal in Behandlung gewesen ist."

Sven sieht Gerd fragend an. Der nickt nur mit dem Kopf.

„Schaden kann es nicht. Wir müssen jeden noch so kleinen Hinweis nutzen."

69

Fred und Gudrun stehen mit Frau Walter im Empfangsbereich des Sana-Klinikums. Sie melden sich ordnungsgemäß für die Station an, auf der Peter Bessen untergebracht ist. Mit dem Fahrstuhl fahren sie hoch in sechste Etage und steuern zielstrebig auf das Arztzimmer zu.

Der leitende Stationsarzt, Dr. Neureuther, bittet sie, in seinem Zimmer Platz zu nehmen.

Fred stellt alle Anwesenden vor und wartet dann auch die Informationen des Arztes.

„Herr Bessen hat unwahrscheinliches Glück gehabt. Die Verletzung ist sehr stark, aber es wurden keine lebenswichtigen Organe verletzt. Trotzdem mussten wir ihn vorsorglich in ein künstliches Koma legen. Frühestens morgen wird entschieden, wann wir ihn da wieder rausholen. Sein Körper muss sich nach der OP jetzt erst wieder stabilisieren."

An Tina gewandt sagt er: „Es wird sicherlich sehr lange dauern, bis Herr Bessen wieder genesen ist. Aber er wird es schaffen. Sie müssen nur viel Geduld haben."

Tina schluckt. Ihr steckt ein Kloß im Hals und sie kann nichts sagen. Es kommt nur ein stummes Nicken.

„Sie können für einen kurzen Moment zu ihm, wenn sie das möchten."

Wieder nickt Tina nur. Sie verlassen das Zimmer des Arztes und Gudrun begleitet Tina zu dem Raum, vor dem ein Wachposten des Polizeireviers sitzt. Er begrüßt sie höflich und lässt die beiden Frauen eintreten. Fred wartet vor der Tür.

Als Tina den Raum betritt, kann sie beim Anblick von Peter ihre Tränen nicht zurückhalten. Sie sieht überall nur Schläuche, Verbände und hört das monotone Piepen der Armaturen die signalisieren, dass Peter noch lebt. Ihre Gefühle fahren Achterbahn. Sie liebt Peter sehr, aber was hat er ihr verschwiegen und warum. Er hätte doch über alles mit ihr reden können. Sie weint. Ob ihre Beziehung jemals wieder so unbeschwert wird, wie sie gewesen ist? Tina weiß es nicht.

Vorsichtig streichelt sie über den Unterarm von Peter.

Gudrun gibt ihr ein Zeichen, den Raum zu verlassen. Sie verabschieden sich von dem Wachposten vor dem Zimmer und verlassen mit Fred das Krankenhaus.

Niemand sagt ein Wort auf der Rückfahrt. Erst als Fred den Wagen vor der Haustür von Tina parkt, spricht er sie an.

„Wir können ihnen nur raten, möglichst das Haus nicht zu verlassen, solange der Täter noch auf freiem Fuß ist. Wenn ihnen in nächster Zeit irgendetwas verdächtig erscheint, dann melden sie sich bitte umgehend bei uns. Ist ihnen noch irgendetwas zu Danny Schröder eingefallen?"

Tina schüttelt nur mit dem Kopf. Sie verabschiedet sich stumm von den Polizeibeamten und geht ins Haus.

Kaum das sie die Tür hinter sich geschlossen hat, heult sie hemmungslos. Auch Puschel kann sie im Moment nicht trösten. Das Kätzchen schleicht leise um Tina herum, aber sie nimmt diesmal keine Notiz von ihr.

70

Sven stöhnt, während er die Liste der Therapeuten in Wismar und Umgebung durchgeht. Sie scheint kein Ende zu nehmen.

„Das es so viele Therapeuten in Wismar und Umgebung gibt, hätte ich nie gedacht."

Sein Blick ist dabei auf Gerd gerichtet, der ihm aber anscheinend nicht zuhört und mit etwas anderem auf seinem PC beschäftigt ist. Na typisch, denkt Sven. Ich sitze hier und mache mir Gedanken über den Fall und Gerd ist wieder bei seinen Weibergeschichten.

In diesem Moment geht die Tür auf, Fred und Gudrun betreten das Büro. Sven verdreht die Augen in Richtung Gerd, was Fred gleich zum Anlass nimmt und ihn nach seinen Fortschritten in der Ermittlung befragt. Gerd nickt kurz in Richtung seines Bildschirmes und setzt Fred darüber in Kenntnis, dass er sämtliche Ämter und Institutionen informiert hat und bis jetzt noch keine Rückinformation erhalten hat.

„Okay. Was hat du erreicht?", fragt er Sven.

„Anke hat uns empfohlen, mal Kontakt zu den hiesigen Psychologen aufzunehmen. Unter Umständen ist er dort bekannt und hatte schon eine Therapie. Die Suche läuft gerade auf meinem Rechner. Ich hoffe, dass ich bald ein paar Infos bekomme. Wie ist es bei euch gelaufen?"

Gudrun und Fred schauen sich an und zucken nur mit den Schultern.

„Herr Bessen liegt aufgrund seiner Verletzung noch im künstlichen Koma, Frau Walter wusste von dem Vorleben bzw. seinen Jugendsünden nichts und unser Täter ist noch immer auf freiem Fuß", fasst Gudrun sehr ernüchternd die Situation zusammen.

„Lasst uns für heute Schluss machen", sagt Fred und streckt sich. „Wir erreichen heute nichts mehr. Frau Walter ist zu Hause, hoffe ich, in Sicherheit und im Krankenhaus bei Herrn Bessen sitzt eine Wache vor dem Zimmer. Mehr können wir erstmal nicht tun. Morgen sehen wir weiter."

Gerd ist nach einem Kurzen, Tschüss, sofort verschwunden. Sven lacht.

„Der hat bestimmt schon wieder eine neue Flamme für heute Abend aufgerissen, der alte Schwerenöter."

Fred grinst nur und Gudrun schüttelt mit dem Kopf.

„Den kriegen wir auch nicht mehr groß", schmunzelt Fred. „Mach's gut, bis morgen", winkt er Sven zu.

Gudrun und Fred bleiben allein im Büro zurück. Sie sehen sich ernst an.

„Zu dir oder zu mir?", fragt sie ihn.

„Jeder für sich", antwortet Fred. „Ich brauche heute dringend Zeit für mich allein. Sei nicht böse, aber es muss einfach mal sein."

„Kein Problem. Ich kann dich verstehen. Unsere Situation ist im Moment auch mehr als miserabel."

Fred schaut Gudrun erstaunt an.

„Ich hoffe doch, du meinst die Situation hier in der Dienststelle und nicht unsere private?"

Gudrun lacht.

„Natürlich hier im Dienst." Sie stellt sich hinter seinen Stuhl, massiert ihm den Nacken und lässt ihre Hände spielerisch über seinen kräftigen Brustkorb gleiten. Sanft hält er ihre Hände fest.

„Lass gut sein. Ich bin heute trotzdem lieber für mich allein."

Zum Abschied drückt Gudrun ihm noch einen Schmatzer auf die Wange, winkt ihm zu und verlässt auch das Büro.

Fred starrt auf den Schreibtisch, dann hält er sich die Hände vor das Gesicht und stützt die Ellenbogen auf die Tischplatte.

Seine Gedanken überschlagen sich. Auf der einen Seite sieht er Peter Bessen, in jungen Jahren, wie er mit Danny Schröder rummacht, auf der anderen Seite Tina Walter mit ihm in trauter Zweisamkeit. Dann tauchen Grit Fichtler, Irina Müller und Nadine Zimkus vor seinem inneren Auge auf. Die Verbindung von Peter Bessen, Tina Walter, Grit Fichtler, Danny Schröder und Jan Wagner ist ihm klar, das ist auch nicht sein Problem, was er hat. Aber wie passen Nadine Zimkus und Irina Müller da mit rein? Alle anderen kannten sich, mehr oder weniger, aus der Berufsschule. Das macht Sinn. Aber Irina Müller und Nadine Zimkus? Wie hat er es geschafft, an alle diese Informationen zu kommen. Fred hat das Gefühl, das der Täter ihnen immer einen Schritt voraus ist und das macht ihn rasend.

Wir müssen ihn stoppen, bevor er wieder einen Mord begehen kann.

Fred lässt sich von der Einsatzzentrale die Telefonnummer des Wachpostens geben, der vor der Tür von Peter Bessen im Krankenhaus sitzt. Er wählt die Nummer, hört das Freizeichen und wartet.

„Wachtmeister Myrr hier", hört Fred ihn sagen.

„Hallo. Guten Abend. Hier ist Fred Förster von der Kripo. Wir sind heute Nachmittag bei ihnen im Krankenhaus gewesen mit der Lebenspartnerin von Herrn Bessen, der in dem Zimmer liegt, das sie bewachen."

„Ja. Ich erinnere mich. Der Arzt ist vorhin gerade da gewesen, sein Zustand ist unverändert."

Fred macht noch ein bisschen Small Talk mit ihm, vergewissert sich, das er sich seiner Verantwortung bewusst ist und verabschiedet sich von ihm.

Fred ist unruhig und verlässt das Büro. Er geht jedoch nicht zum Ausgang des Polizeipräsidiums, sondern steuert zielgerichtet auf die Einsatzzentrale neben dem Haupteingang zu.

Er weiß die Arbeit der Mitarbeiter dort sehr wohl zu schätzen. Sie haben auch einen harten Arbeitstag.

„Hallo Jungs", begrüßt er sie, als er die Tür öffnet und eintritt. Angespannt schauen sie auf ihre Bildschirme und nicken nur kurz zur Begrüßung.

Fred fragt vorsichtig nach dem, Verantwortlichen, der für die Überwachung im Krankenhaus zuständig ist. Ein älterer Kollege hebt die Hand und signalisiert ihm, dass er derjenige ist.

Nicht das Fred den jüngeren Kollegen das nicht zutraut, aber in diesmal ist er froh, dass einer der älteren Kollegen an diesem Fall dran ist.

„Du stehst mit Myrr in Kontakt?", fragt Fred ihn.

Dieser nickt und sagt: „Natürlich. Wir haben in regelmäßigen Abständen Kontakt."

Fred klopft ihm freundschaftlich auf die Schulter.

„Ich weiß. Tut mir leid, wenn das eben blöd rübergekommen ist. Wir sind nur im Moment alle etwas angespannt und nervös."

Der Mitarbeiter der Einsatzzentrale lächelt nur und winkt ab. Er kennt Fred auch schon über Jahrzehnte und kann ihn gut einschätzen.

„Myrr ist ein sehr erfahrener Kollege. Da müssen wir uns keine Sorgen machen."

Fred verlässt das Polizeipräsidium, geht zum Haupteingang hinaus und zu seinem Auto.

Er parkt den Wagen vor seiner Haustür und will gerade das Fahrzeug verlassen, als sein Handy klingelt.

71

Verdammt flucht Fred und brüllt ins Telefon.

„Wie konnte das passieren, alarmiert sofort meine Leute, wir treffen uns im Krankenhaus."

Während der Fahrt zum Klinikum ist Fred nur am Fluchen. Die Einsatzzentrale hat ihn darüber in Kenntnis gesetzt, dass der Wachposten Myrr verschnürt wie ein Bündel im Kellergeschoss des Krankenhauses aufgefunden wurde. Seine Uniform war weg. Fred weiß, das Peter Bessen jetzt in akuter Gefahr ist.

Nach ein paar Minuten hat er das Krankenhaus erreicht. Vor dem Haupteingang sind bereits Streifenwagen eingetroffen und die Beamten sichern sämtliche Ausgänge des Gebäudes. Im Laufschritt erreicht er den Eingang und stößt dort auf Gudrun und Sven. Gerd ist nirgends zu sehen. Noch im Laufen ruft Sven ihm zu, das Gerd nicht erreicht wurde. Darauf kann Fred jetzt keine Rücksicht nehmen. Sie stürmen zum Fahrstuhl und fahren hoch auf die Station, wo sie heute Nachmittag bereits mit Frau Walter gewesen sind. Kein Wort sagen sie, bevor sich die Tür wieder öffnet.

Auf der Station wimmelt es von Polizisten und es herrscht Totenstille. Der Stationsarzt kommt ihnen entgegen. Ohne Begrüßung beginnt er zu erzählen.

„Er ist im Zimmer von Herrn Bessen und hat eine Krankenschwester als Geisel. Er droht sie zu töten, falls jemand das Zimmer betritt."

Fred stöhnt. Nickt seinen Leuten zu und greift zu seiner Dienstwaffe.

„Haben sie zwischenzeitlich Kontakt zu ihrer Mitarbeiterin gehabt?"

„Nein. Es gab zu Anfang offenbar ein Tumult im Raum. Wir haben Geräusche von herabfallenden Gegenständen gehört und einen kurzen Aufschrei von unserer Kollegin."

Der Arzt schaut betreten auf den Fußboden vor sich. Seine Sorge um die Angestellte ist ihm ins Gesicht geschrieben.

„Okay. Gehen wir."

Mit der Dienstwaffe im Anschlag positionieren sie sich neben der Tür zum Krankenzimmer von Peter Bessen. Fred nickt Sven zu. Er klopft an die Tür und sofort hören sie von drinnen die Stimme von Danny Schröder.

„Wenn hier einer reinkommt, dann Sterben beide", brüllt er durch die Tür. Fred versucht, Zeit zu gewinnen und bemüht sich, ihn in ein Gespräch zu verwickeln. Gegenüber dem Raum von Peter Bessen befinden sich die Monitore der medizinischen Geräte aus den einzelnen Zimmern. Der Stationsarzt steht vor einem der Geräte und signalisiert Fred, dass bei Peter Bessen im Moment alles normal läuft. Fred nickt und hofft, dass es auch so bleibt.

„Ich bin Kriminalkommissar Fred Förster. Sie heißen Danny Schröder. Wir wissen das sie."

Weiter kam Fred nicht, da ertönte aus dem Monitor ein länger Piepton. Der Arzt brüllte sofort.

„Ich muss da rein. Er braucht Hilfe. Wir müssen reanimieren."

Fred und seinen Leuten blieb keine andere Wahl. Sie stürmten in das Zimmer.

Ihnen bot sich ein entsetzliches Bild. Er hatte alle Schläuche von Peter Bessen gewaltsam entfernt, sodass die Anzeigen über ihm blinkten. Die Krankenschwester lag mit einem blauen Auge gefesselt neben dem Bett und Danny Schröder hatte sich eine Spritze in den Arm gejagt. Was auch immer in der Kanüle war, er verdrehte die Augen, röchelte und hielt sich eine Hand an die Kehle.

Jetzt ging alles sehr schnell. Zeitgleich wurden Peter Bessen und Danny Schröder medizinisch versorgt und um die Krankenschwester kümmerten sich ihre Kolleginnen. Sie war mit einem Schrecken und ein paar blauen Flecken davongekommen. Dem Wachmann, der vor der Tür gesessen hatte, ging es gut. Er war mittlerweile wieder oben auf dem Flur und Fred sah ihm an, dass er sich nicht wohl in seiner Haut fühlte. Er ging zu ihm und klopfte ihm auf die Schulter.

„Alles in Ordnung. Manchmal kommt es anders, als man denkt. Du hast dein Bestes gegeben. Ist ja nochmal gut gegangen. So wie es aussieht, werden es beide überleben."

Myrr nickte nur wortlos mit Kopf und war Fred für die tröstenden Worte dankbar.

72

Tina sitzt neben dem Krankenbett von Peter und ihre Hände zittern. Ein paar Zimmer weiter liegt Danny Schröder unter strenger Bewachung und ist auf dem Weg der Besserung. Peter wurde reanimiert und es geht ihm den Umständen entsprechend gut. Sein geschwächter Körper wird noch lange Zeit brauchen, bis er wieder vollständig einsatzfähig ist. Von der Polizei weiß Tina, dass Peter nicht angeklagt wird wegen Beihilfe zum Mord. Er hatte zwar Kontakt zu Danny, aber mit den Morden hat er nichts zu tun. Dass er ihm Geld gegeben hat, ist eine andere Geschichte. Auch wenn Danny es genutzt hat, um in Tinas Haus die Kameras installieren zu lassen. Damit hat Peter aber nichts zu tun gehabt. Er muss nur mit dem Gewissen klar kommen, Danny indirekt unterstützt zu haben. Und das wird bestimmt sehr schwer für Peter werden.

Sie schaut auf ihre zittrigen Hände und sieht Peter an. Er versucht, ihrem Blick auszuweichen.

„Du kannst mich ruhig ansehen. Ich liebe dich. Egal, was geschehen ist. Das, was du damals in jungen Jahren getan hast, finde ich nicht schlimm. Wir haben uns doch alle irgendwie ausprobiert und dummes Zeug gemacht."

Während sie das sagt, sitzt sie gerade auf dem Stuhl und ihr Blick ist auf Peter gerichtet. Langsam erwidert er ihren Blick und schaut Tina an. Sie sieht, wie sich seine Augen mit Tränen füllen und streichelt seinen Arm.

„Alles wird gut. Du wirst wieder gesund und wir bleiben für immer zusammen."

Tina beugt sich über Peter und gibt ihm sanft einen Kuss auf die Wange.

DANKSAGUNG

Mein besonderer Dank gilt vor allem, meinem Ehemann, der mir durch sein Verständnis und seine Geduld immer die Zeit zum Schreiben verschafft hat. Er war auch ein kritischer Lektor und hat mich mit seinen Ideen und Anregungen sehr bei der Vollendung des Manuskripts unterstützt.

Nicht unerwähnt möchte ich die Unterstützung von Martina Rellin lassen. Die Schreibtage in Grimma waren auch in diesem Jahr wieder sehr informativ und der Erfahrungsaustausch bringt immer wieder neue Anregungen für das Schreiben.

Mit diesem Buch endet die kleine Reihe über Tina als Hauptfigur.

In den nächsten Romanen wird Rita Sommer als Rechtsanwältin in Erscheinung treten. Gemeinsam mit ihrem Rechtsanwaltsgehilfen hat sie spannende Fälle zu lösen.

Wismarer Innenstadt

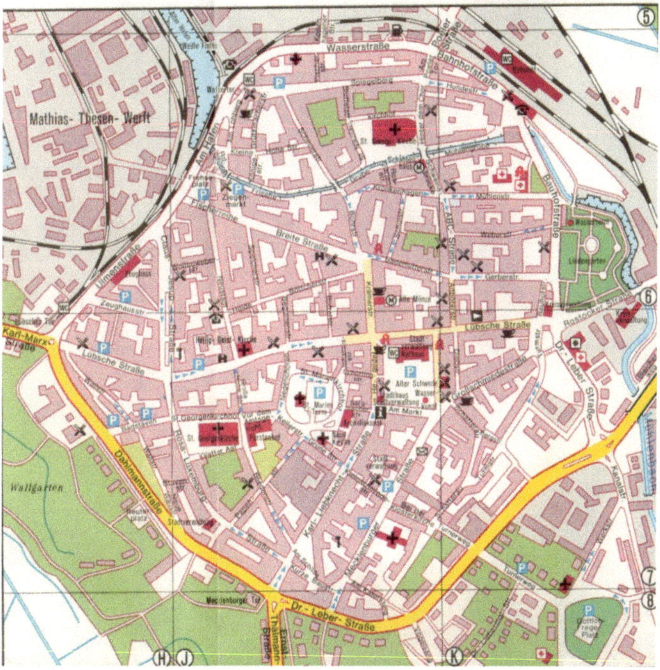